AF311776

GABRIEL DE GONET, ÉDITEUR

ROMAN INÉDIT

PAR

EMILE SOUVESTRE

ÉDITION ILLUSTRÉE PAR VEYRASSAT

Prix : 90 centimes

MALMENAYDE ET DE RIBEROLLES, LIBRAIRES
5, RUE DU PONT-DE-LODI, 5
PARIS — 1854

Y²

ÉMILE SOUVESTRE.

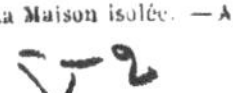

CHAPITRE PREMIER.

La maison isolée.

Le wagon m'emportait sur la ligne de fer ; je voyais le paysage passer, aux deux portières, avec la rapidité d'un cheval de course. Tout-à-coup, le train se ralentit, la vapeur poussa des sifflements aigus ; je sentis les soubresauts du wagon passant sur les plateaux des aiguilleurs ; tout s'arrêta, et la voix gutturale des conducteurs anglais cria une douzaine de noms, parmi lesquels je reconnus celui du village où je devais me rendre.

Je descendis : j'adressai au garde de barrière une question depuis longtemps préparée dans mon anglais le plus Robertson. Il me désigna du doigt un point de l'horizon, et me voilà suivant une route, sans trop savoir où elle me conduirait, mais content de la suivre parce qu'elle était ombreuse, que les oiseaux chantaient dans les arbres et que les fleurettes tapissaient, des deux côtés, la bordure des terres cultivées.

L'air était tiède et le soleil brillait, choses rares sous ce ciel de brumes épaisses, où tout semble réfléter la raideur physique des habitants du pays, le flegme ou la rugosité de leur esprit.

Au fait, savais-je bien où j'allais? A mon départ de France, on m'avait chargé de lettres pour M. Smithson, un grand peintre inconnu! m'avaient dit deux artistes qui admiraient surtout ce qui n'était compris de personne! Tant que les merveilles de Londres m'avaient occupé, je ne m'étais inquiété ni du peintre, ni des lettres; mais, enfin, lassé des docks, de Saint-Paul, des statues de Wellington et des bêtes du jardin zoologique, j'avais jeté par hasard les yeux sur les notes renfermées dans mon portefeuille, j'avais vu ces lettres. L'adresse indiquait un village à environ vingt milles : c'était une occasion de sortir un peu des brouillards de la Tamise, de secouer la neige noire du charbon de terre! je m'étais sur-le-champ décidé à voir les chefs-d'œuvre de M. Smithson, et je m'étais mis à sa recherche.

J'arrivai au village. C'était un charmant damier de briques et de petits jardins verdoyants. Je me demandai pourquoi certaines formes semblaient le patrimoine de certaines races; — d'où venait que celles du Nord, par exemple, cherchaient toujours la ligne droite, tandis que celles du Midi affectionnaient la ligne courbe. — Mon souvenir me répondit que le contraire avait précisément lieu dans l'antiquité; ce qui dérangea un système d'esthétique tout près de poindre dans mon cerveau. Ainsi dérouté, je me décidai à laisser la question sans réponse (quelles qu'en pussent être les conséquences pour l'art contemporain), et je songeai à en adresser une autre moins ardue à un gros homme que j'apercevais debout sur le seuil d'une taverne.

— *Where lives* M. Smithson! lui dis-je, en faisant de prodigieux efforts pour arrêter toutes mes syllabes entre mes incisives.

Le gros homme me regarda de travers; il m'avait reconnu pour étranger à mon accent, et me répondit en anglais :

— *We sell no indication, we sell nothing but beer* (nous ne vendons pas de renseignements, nous vendons de la bière).

Ceci me parut une invitation indirecte de l'hospitalité britannique; je m'écriai en souriant :

— Alors, buvons de la bière!

Et j'entrai résolûment dans la taverne.

Le gros homme fit signe à une petite servante, blonde comme un épi, qui apporta le pot d'ale avec un verre.

J'avais lu mon Walter-Scott; je croyais connaître les us et coutumes du lieu : je demandai hardiment un second verre pour mon hôte. Mais le fier insulaire fronça le sourcil et répondit qu'il ne buvait pas avec le premier venu!

Je savais bien déjà à quoi m'en tenir sur l'entente cordiale et l'estime réciproque des deux nations que sépare la Manche; mais je trouvais pour la première fois le type du doux peuple britannique.

Décidément cet homme était un véritable fils de *la perfide Albion!* Je me retournai vers la femme, que je supposais de moins farouche humeur.

Je ne m'étais pas trompé. Malgré mon anglais hasardeux, elle comprit sur-le-champ que j'aimais les yeux bleus, la peau satinée et les cheveux couleur d'or. Elle m'écoutait chercher mes mots, sans impatience et en souriant ; elle me les fournissait au besoin. Je l'interrogai sur son pays, sur sa famille, sur son âge (question que l'on peut faire à une femme jusqu'à dix-neuf ans) ; puis j'arrivai à mon but : je demandai la demeure de M. Smithson.

A ce nom la jeune fille me regarda.

— Le solitaire, dit-elle ; c'est au solitaire que monsieur veut parler?

— Je l'ignore, répliquai-je ; M. Smithson m'est inconnu ; mais il s'agit d'un peintre...

— C'est cela ; c'est bien cela ! dit la servante ; monsieur peut voir sa maison d'ici..... elle est là, sur la colline, au-dessus du village, cachée dans les arbres.

Je regardai par la fenêtre, dont mon interlocutrice avait écarté les rideaux, et j'aperçus, en effet, au penchant du coteau, un bouquet d'arbres au-dessus duquel pointait une cheminée d'où s'échappaient quelques flocons de fumée. Je me levai en remerciant, et, après avoir jeté un schelling sur la table, je demandai à la jeune fille le plus court chemin pour arriver à la Maison isolée.

— Monsieur n'a qu'à prendre par le petit sentier à droite, dit-elle ; mais..... je doute qu'il puisse parler au solitaire.

— Pourquoi cela?

— Parce que d'habitude il laisse frapper sans répondre.

— Pardieu ! je frapperai si fort qu'il sera bien forcé de venir ! m'écriai-je en gagnant la porte.

— Prenez garde, reprit la servante

vivement ; quand on le met en colère, il prend ses pistolets.

Je m'arrêtai court.

— Des pistolets ! repris-je.

— Chargés, monsieur !

— Vous en êtes sûre?

— Il y a un mois, il a tiré sur le boucher, qu'il ne reconnaissait pas.

— Peuh ! un accident peut-être, grossi par des conteurs.

— Oh ! ce n'était pas la première fois que cela lui arrivait.

Je rentrai d'un pas dans l'auberge, et je serais vraisemblablement rentré de deux sans le gros homme, dont le regard de boule-dogue se fixa sur moi avec une sorte d'ironie méprisante.

— N'allez-vous pas faire peur au Français, petite sotte, dit-il à la servante en haussant les épaules.

La supposition, et surtout le ton dont elle était faite, réveilla tout mon orgueil national ! J'allais répondre à l'Anglais quelque mot historique, dont on eût pu un jour orner les almanachs ; la difficulté de la prononciation m'arrêta ; de peur de barbarisme, je retins le bon mot que j'aurais pu trouver ; je jetai à l'aubergiste un regard superbe, et, m'enveloppant dans un silence d'autant plus digne qu'il était forcé, je quittai la taverne d'un pas résolu.

Le sentier qui m'avait été indiqué par la jeune fille était facile à reconnaître ; j'y entrai sans hésiter et j'arrivai au pied du coteau.

Jusqu'alors l'idée que l'on pouvait me voir avait soutenu mon courage ; mais quand le toit de l'auberge eut disparu, je ralentis le pas et je me mis à réfléchir.

Autant qu'il était possible d'en juger

par les révélations de la jeune servante, M. Smithson était un maniaque de la pire espèce, et en mettant le tout au mieux, ma visite ne pouvait me rapporter ni instruction ni plaisir. Dès lors, à quoi bon le tenter ? J'étais venu voir un artiste inconnu, et l'on m'annonçait un fou ! Le plus sage n'était-il pas d'éviter une entrevue, au moins pénible, de regagner le chemin de fer et de retourner à Londres ?

Sans doute ; mais pour cela, il fallait repasser devant l'auberge du gros homme, et en me voyant revenir si tôt, il devinerait que je n'avais point osé affronter les pistolets annoncés par la servante ; il répéterait que le Français avait eu peur. — Saint Chauvin ! que deviendrait la gloire de la grande nation ? — L'idée seule d'un pareil affront me fit presser le pas.

Puis, il faut bien le dire, la gloire nationale ne me poussait pas seule : j'éprouvais, de plus, une curiosité involontaire. Les gens qui reçoivent les visites avec des pistolets sont rares, même en Angleterre, ce pays de l'*excentricisme* et de la liberté ; je n'aurais pas été fâché d'en voir un dans ma vie, ne fût-ce que pour le raconter. Les dangers évités laissent toujours après eux de doux souvenirs ! — Je préviens le lecteur que cette pensée n'est pas de moi, mais de Virgile, ce qui lui permettra d'en admirer la grâce et la profondeur.

Je continuais à monter le coteau, tout en causant ainsi avec moi-même (seul interlocuteur qui ne me contrarie jamais) ; j'avais dépassé le dernier cottage et j'atteignis enfin la maison du solitaire.

Elle était complétement isolée et tellement cachée dans les arbres, qu'on ne pouvait l'apercevoir, même en y arrivant. Un mur très haut fermait une avant-cour et allait rejoindre la clôture du jardin, de manière à former une sorte d'enceinte qui ne permettait point d'arriver jusqu'à la demeure de M. Smithson.

Je tournai quelque temps autour de ce rempart, avant de découvrir une petite porte qui se cachait dans l'épaisseur de la maçonnerie.

Elle n'avait ni heurtoir ni sonnette, et était percée d'un guichet grillé qu'un petit volet fermait au-dedans.

Après avoir hésité quelques instants, je me décidai à frapper avec le pied, puis avec le poing.

Les coups, bien que ménagés par respect pour les pistolets, retentissaient bruyamment dans cette solitude silencieuse. Cependant plusieurs minutes se passèrent sans qu'aucun mouvement annonçât que j'eusse été entendu. — Enfin j'entendis le sable craquer sous un pas léger qui s'arrêta derrière la porte. Il y eut une pause assez longue ; puis le guichet s'ouvrit à moitié, et j'aperçus une figure maigre, coiffée d'un bonnet de coton retenu par un large ruban.

Cette apparition était si peu en rapport avec l'image que je m'étais créée du terrible solitaire, que je reculai d'un pas, les yeux grands ouverts. J'avais attendu une vision à la manière d'Hoffmann, et je me trouvais devant la doublure de Potier dans le rôle de M. Denis !

La surprise m'avait rendu muet ; la voix du vieillard au bonnet de coton me rappela à moi-même.

— Eh bien ! quoi ? qu'est-ce ? que voulez-vous ? demanda-t-il d'un accent saccadé.

— M. Smithson ? balbutiai-je.

Il reconnut ma prononciation.

— Un Français, dit-il.

— Qui vient de la part d'anciens amis

Il me regarda de côté.

— Des amis !..... connais pas, murmura-t-il en français, mais d'un ton qui me parut adouci.

— Je lui nommai ceux qui m'envoyaient.

— Vous avez des lettres?

Je les cherchai dans mon portefeuille et les lui présentai.

Il les prit à travers le guichet, examina l'adresse, le cachet, les ouvrit et les lut deux fois. Enfin, quand il eut achevé :

— Et vous êtes venu seulement pour me les porter? demanda-t-il avec un regard qui me scrutait par-dessus ses lunettes.

— Pour les porter..... et pour avoir l'honneur de vous voir, répliquai-je.

— Alors vous êtes satisfait, demanda-t-il, car vous m'avez vu?

Il y avait dans le ton quelque chose d'interrogateur et de presque souriant qui m'enhardit.

— Pardon, monsieur Smithson, répliquai-je ; mais nos amis m'ont parlé de vos œuvres ; je suis grand adorateur de toiles peintes, et en venant j'avais espéré pouvoir admirer les vôtres.

— Dites-le donc tout de suite! répliqua le solitaire, et je l'entendis tirer les verrous.

La porte s'ouvrit à moitié. Il fallut me glisser pour ainsi dire, et je me trouvai en face de mon hôte.

C'était un homme d'environ soixante ans, grand, maigre, aux mouvements brusques, mais encore plein de vigueur.

Il me regarda quelques instants comme s'il eût voulu faire l'examen de ma personne, hocha la tête, sans qu'il me fût possible de savoir si le résultat de cet examen m'avait été heureux ou défavorable, et me fit signe de le suivre.

Nous traversâmes une cour cultivée en parterre, si l'on peut donner ce nom à un mélange confus de plantes stupéfaites de se trouver l'une près de l'autre. J'appris plus tard que M. Smithson les avait réunies là comme études de peinture, pour trouver réunies sous ses yeux toutes les végétations qu'il avait coutume de placer dans ses tableaux.

Nous arrivâmes ainsi à la maison, qui était petite et délabrée.

Dès le vestibule, je rencontrai un encombrement de toiles et de châssis, au milieu desquels il fallut trouver une route. M. Smithson me dirigeait dans ces méandres, comme un habile pilote dirige un navire à travers les passes hérissées de rochers. Il criait :

— Tournez à droite..... enjambez..... reculez la tête..... effacez-vous !

Bien qu'obéissant de mon mieux à chaque indication, je ne pus éviter quelques chocs. Deux ou trois cadres furent renversés; mais mon conducteur les remit rapidement à leur place et je pus à peine entrevoir quelques formes confuses; car, chose merveilleuse, tous étaient retournés contre le mur et ne présentaient à l'œil que le revers de la toile et le châssis de sapin !

Nous atteignîmes enfin un petit parloir où une table était dressée et le couvert mis pour le déjeuner. M. Smithson me montra une chaise, alla à un dressoir où il prit des assiettes, et mit mon couvert. Je demeurai assez embarrassé.

— Excusez-moi, monsieur, lui dis-je ; mais je n'étais venu que pour vous apporter des nouvelles de vos amis de France et pour jouir de la vue de vos œuvres.

— Et cela vous empêche de déjeuner? demanda M. Smithson, qui atteignait dans un buffet une moitié de pâté et une tourte aux confitures encore intacte.

Je m'inclinai en objectant que je craignais d'être importun..... que je ne voulais rien déranger aux habitudes de M. Smithson.

— Vous ne voulez pas que je me gêne?

— J'en serais désolé.

— Alors déjeunons, dit-il brusquement, en prenant place à table et se préparant à découper un poulet froid, qui nageait dans une appétissante gelée.

J'avais évidemment affaire à un original dont il fallait accepter les manières. Je ne crus donc pas devoir faire plus de façons, et je m'assis en face de lui.

Il me guigna d'un air moitié bourru, moitié narquois

—Vous avez demandé où je demeurais dans le village; je gage qu'on vous a fait peur de moi, hein?

— Mais, répliquai-je en souriant, à dire vrai, on vous accuse d'être peu endurant pour les importuns et les curieux.

— Et on a raison, répliqua M Smithson, qui aiguisait son couteau à découper avec une vivacité fébrile; un jour où l'autre, j'en tuerai un, monsieur..... peut-être deux.....Vous-même, ne croyez pas que je vous eusse reçu comme je vous reçois, si vous aviez été du pays; mais notre connaissance ne doit durer que quelques heures; vous n'aurez eu le temps ni de m'ennuyer, ni de m'indigner... une simple conversation, et je ne vous reverrai plus... Dieu merci! Voilà pourquoi je vous ai ouvert ma porte et pourquoi je vous donne à déjeuner! Causez donc et tendez votre assiette, je suis aujourd'hui d'humeur presque aussi bavarde que vos compatriotes.

Rien ne m'a jamais mis plus à l'aise que les brusqueries d'un bourru : dégagé de tout égard, j'en agis avec lui comme avec un voisin de wagon incommode, et je lui fais sentir sans scrupule les pointes de mon coude ou de mes genoux. —

Aussi répondis-je au solitaire d'un air très délibéré que, pour aimer le bavardage de France, il suffisait de connaître le mutisme d'Angleterre; et nous continuâmes sur ce ton de brutalité pacifique, mangeant, buvant et satirisant comme de vrais philosophes.

M. Smithson soutenait parfaitement cette guerre à coups d'épingle, et bien que, par une sorte de courtoisie peu en harmonie avec son humeur, il affectât de ne parler que le francais, il ne perdait pas un pouce de terrain.

Cependant peu à peu l'humeur de mon hôte s'adoucit; il me fit des questions sur les amis dont je tenais mes lettres d'introduction, sur les musées, sur l'art du jour! — Évidemment, Paris lui avait laissé un souvenir plus profond qu'il ne voulait l'avouer, et la preuve, c'est que le déjeuner fini, il alla chercher une bouteille de porto pour prolonger l'entretien. Après le porto, vint le madère, et après le madère un punch !

J'avais fait résistance à chaque nouvelle apparition des liqueurs traîtresses ; mais l'habitude de vivre seul avait désaccoutumé M. Smithson de prendre garde à la volonté des autres. Je me décidai à renverser mon verre, ce qui lui fit hausser les épaules, mais sans amener d'insistance.

—Bien, bien, dit-il en remplissant le sien... ils sont tous les mêmes là-bas... incapables de boire autre chose que leur eau de Seine! — Aussi quel peuple! — J'ai habité Paris six ans, monsieur, sans pouvoir trouver un homme qui sût penser, ni un homme qui sût boire.

—Vous seriez resté plus longtemps à Londres avant de trouver un homme qui fût poli! répliquai-je.

Mon hôte ne prit point garde et continua son idée.

— Le sang rouge vous manque à tous, ajouta-t-il, c'est de la tisane de cham-

pagne qui vous coule dans les veines. —
Ça fait sauter les bouchons , ça pétille ;
mais qu'est-ce au total? de la mousse et
du bruit ! — Votre peuple me produit
l'effet d'un cerf-volant : toujours dans les
nuages ou dans le ruisseau. — Aussi savez-vous ce qui vous attend, monsieur? —
Vous tomberez comme les Grecs, et vous
serez ce qu'ils furent dans l'antiquité.

— Les instituteurs du monde?

— Fi donc ! les fournisseurs de ses
superfluités ou de ses folies ! la nation
française deviendra une nation de coif-
feurs, de modistes et de cuisiniers !

Je me levai : les boutades de M. Smithson commençaient à me prendre sur les
nerfs.

—Vous oubliez les voyageurs obligés
d'entendre leurs hôtes anglais après
boire, m'écriai-je ; ceux-là du moins, vous
leur reconnaîtrez la vertu de patience.

— Dites le vice de la curiosité ! répliqua le solitaire qui me jeta un regard
ironique. — Ah ! ah ! vous avez voulu
voir l'antre de la bête fauve ! — pour vous
en vanter sans doute ! — eh bien , pardieu ! vous serez mordu !

— Soit, fis-je observer ; mais au moins
je visiterai l'antre, et jusqu'ici je n'en ai
vu que le vestibule.

— Bah ! vous pensez encore aux peintures? demanda M. Smithson , dont le
teint blafard s'était animé sous l'influence
de fréquentes libations et qui fixa sur
moi deux yeux qui clignotaient.—Voyons,
franchement, *mon gentilhomme*, avez-vous
appris à regarder une toile? savez-vous
distinguer un Holbein d'un Mignard?

— Eh ! eh ! eh !

— Je connais les amateurs de votre
pays. Il leur faut une histoire en peinture ;
des figures et des gestes qui disent juste
une phrase et exemptent d'écrire, comme
autrefois, une légende devant la bouche

des personnages. Je suis d'une autre
école , monsieur. Une école que vous ne
connaissez pas, sans doute?

— Pardon, repris-je, s'il s'agit de l'é-
cole qui ne dit rien, elle est fort connue
de vos dessinateurs de *keapseake*.

— Et vous pensez que j'en suis? interrompit vivement Smithson.

— Je pense, répliquai-je, avec un sourire provoquant , que celui qui cache ses
filles doit faire soupçonner qu'elles sont
laides.

Il frappa la table du poing et se leva
brusquement.

— Dieu me damne ! vous en jugerez !
s'écria-t-il. Voyons : je déroge pour vous
à toutes mes habitudes ; mais je n'en
aurai pas le démenti : — *Alea jacta est*
(les dés sont jetés)! comme on dit dans
votre pays..... quand on disait quelque
chose. Suivez-moi, monsieur, je vais vous
ouvrir mon musée de famille.

Il repoussa sa chaise et marcha vers
la porte. Le madère , ajouté au porto et
compliqué du punch, l'avait un peu ému ;
cependant ses facultés en semblaient plutôt surexcitées qu'étourdies. Il parlait
plus haut et plus vite ; ses mouvements
avaient une agilité fébrile , et ses yeux
scintillaient au fond de leur orbite sombre.

Il me fit monter un escalier étroit, suivre un long corridor, et s'arrêta enfin à
une porte bourrée de serge verte, qu'il
ouvrit avec une sorte de précaution respectueuse. Nous nous trouvâmes dans
un petit entre-deux et devant une seconde porte. Il se retourna alors vers
moi : son air était solennel.

— Vous allez les voir , me dit-il, en
baissant la voix ; ce sont mes compagnons
de solitude..... mes interlocuteurs habi-
tuels....Donnez-moi votre main de peur
de trébucher.

Il avait poussé la seconde porte, et nous

n^{ous} trouvâmes dans une sorte de labyrinthe obscur, formé par des cloisons à hauteur d'appui. Il me sembla que nous tournions longtemps sur nous-mêmes, comme pour prolonger notre passage dans ces ténèbres. Enfin, nous arrivâmes à une baie masquée par un rideau ; M.Smithson l'écarta d'une main, et, m'attirant vivement de l'autre, me fit entrer dans une pièce dont l'aspect me frappa.

Le jour qui tombait du plafond était tamisé par plusieurs stores de différentes teintes, qui faisaient pleuvoir des rayons diversement colorés sur les tableaux qui garnissaient les quatre murs. Ainsi éclairés, ceux-ci prenaient un aspect de réalité qui devenait de plus en plus sensible, à mesure que l'œil s'accoutumait à la demi-obscurité : on voyait les figures saillir de la toile, les yeux prendre un regard, les lèvres frémir comme si elles allaient s'ouvrir à la parole. Toutes ces images diverses d'attitude et d'expression semblaient une réunion de personnages qui n'attendaient qu'un signal pour sortir de leur silence et de leur immobilité. C'était l'illusion produite par le diorama, mais plus nette et plus intense.

Après la première surprise, lorsque j'eus complétement perçu la singulière impression que produisait en moi ce musée vivant, je ne pus retenir un cri d'admiration, et je me tournai vers M. Smithson.

Il se tenait debout près de moi ; son visage, sur lequel tombait le reflet d'un store bleuâtre, s'était complétement transformé. Il avait quelque chose d'inspiré et de mystérieux qui me fit tressaillir. A mon exclamation, il m'avait saisi le bras, et baissant la voix :

— Prenez garde, dit-il, vous allez rompre le charme, et ils se détacheraient de la muraille. Ne voyez-vous pas qu'ils attendent ?

— On pourrait le croire, répliquai-je, ne sachant encore si mon guide plaisantait ou s'il parlait sérieusement ; mais il

vous serait facile, je suppose, de les faire retourner à leur place... tous doivent vous connaître et vous obéir.

— Oui, oui, reprit M. Smithson, d'un ton qui me fit comprendre qu'il était sérieusement halluciné ; ce sont tous des amis, des parents..... j'ai décalqué là leur représentation, j'y ai fait passer leur âme, et maintenant ils m'appartiennent, ils ne me quitteront plus... Voyez comme ils me regardent !..... ils savent bien que je suis leur maître, que je connais leur histoire à tous !..... Il n'en est pas un qu'avec un nom ou un mot, je ne puisse faire trembler dans son cadre ! Ces deux jeunes Français, par exemple, qui causent là-bas, les têtes penchées l'une vers l'autre ; écoutez, je vais les appeler : Frank et Mary ! — Avez-vous vu comme ils ont frissonné. — Et là, ce vieux personnage morose, qui regarde sa montre : — Monsieur Pringle !...— Tenez, il a relevé la tête..... Ah ! c'est un curieux homme, allez ; et si vous saviez son histoire...

— Ne pourrais-je pas la connaître ? repris-je, de plus en plus intéressé par l'étrange visionnaire que le hasard m'avait fait rencontrer.

— Vous ?... répéta M. Smithson en me regardant. Au fait, pourquoi non ?..... Venez ; je puis vous la dire ; elle vous les fera aimer davantage.

Il me prit par la main et me conduisit dans un petit cabinet placé au fond de son musée, et duquel on apercevait une partie des peintures animées. Nous nous assîmes sur un divan. Mon hôte avait l'œil fiévreux et les gestes saccadés. Il me montra encore du doigt l'homme à la montre auquel il avait donné le nom de Pringle.

— Regardez bien cette figure-là, reprit-il, et supposez que nous sommes au jour de Noël, qui, de ce côté-ci du détroit, est, comme vous savez, notre jour d'étrennes. M. Pringle se promène dans

Il me montra du doigt l'homme à la montre.

sa chambre d'un air maussade, les deux mains dans les poches de sa robe de chambre. Maintenant le personnage est en scène, la toile se lève ; écoutez !

II.

Une joyeuse Noël.

« Euh ! une joyeuse Noël, en vérité ! Je m'étonne toujours que les hommes puissent dire de semblables sottises. Voyez un peu quelle bizarrerie ! Qu'est-ce après tout? de la neige, des sérénades et des mémoires à payer ; puis sans cesse des mendiants ; je ne vois rien de joyeux là-dedans ; je déteste la Noël. Ce jour-là, personne n'a jamais été heureux, personne ne le sera jamais, excepté quelques enfants stupides qui sortent de l'école pour manger du plum-pudding jusqu'à ce qu'ils se soient rendus malades. Je suis bien content de ne m'être jamais marié ; c'eût été bien amusant ! chaque vacance eût ramené chez moi une bruyante couvée pour tout bouleverser à la maison.

M. Pringle promena son regard sur la chambre sombre et profonde. Dans une boîte posée sur la table résonnait bien haut le tic-tac d'une grosse montre de forme antique, et ce bruit rappelait les années écoulées, alors que lui aussi revenait en sa demeure pour y passer les jours de fête.

La montre lui avait été donnée par son grand-père comme cadeau de Noël. Cette Noël-là n'avait-elle pas été joyeuse pour lui ! Oh ! oui, bien joyeuse pour le cœur lumineux et innocent de l'enfant, qui se réjouissait au milieu de compagnons gais comme lui.

Qui pourrait le reconnaître, l'heureux enfant, dans cet homme aux traits durs et accentués ?

Les soins du monde, les péchés de la terre ont foulé les fleurs de sa jeunesse et de son innocence. Les brillants rêves du jeune homme ont été chassés par la réalité triste et décourageante, et le sombre présent a remplacé les visions d'un brillant avenir.

Les passions nobles se sont éteintes une à une dans ce cœur autrefois si enthousiaste.

Un amour ardent et dévoué a été glacé, vaincu par les froids principes de la prudence mondaine ; il n'est donc point étonnant qu'après de telles années, le cœur flétri du vieux Pierre Pringle eût perdu le souvenir de toutes ces joyeuses sensations.

Oui, continua-t-il, répondant à sa propre pensée, tout cela est très bien ; mais, depuis, j'en ai vu bon nombre de Noëls ; oui, j'en ai trop vu ! — Allons, bon ! le ciel confonde ces gens ! — Vous dites que vous êtes des *jardiniers gelés !* — Je ne crois pas qu'ils aient jamais été jardiniers ; ils ne savent pas seulement ce qu'ils disent ! Tenez, prenez ceci, et allez faire votre tapage ailleurs !... — Une autre fois, faites attention à dire *ruinés*

par la gelée, imbéciles que vous êtes ! — Euh ! il suffit d'ouvrir la fenêtre pour que votre sang se glace dans vos veines. Mais aussi pourquoi diable l'ai-je ouverte !... je n'en sais vraiment rien... — S'il y a au monde une chose que je déteste, ce sont les cris des rues. — Le petit marchand de gâteaux me donne la fièvre toutes les fois qu'il crie *ses chaudés*, comme s'il ne pouvait pas dire *échaudés !* Et quand je lui ai demandé pourquoi il le faisait, il m'a répondu que c'était parce qu'il avait sa mère malade à la maison. — Quand tu retrancheras une syllabe à un mot, est-ce que tu la soulageras, petit sot ? — Ce n'est pas trop de donner deux schellings par semaine pour être délivré d'un tel ennui, et cet argent, du moins, doit faire du bien à sa mère.

— Marthe, dit-il, en se tournant vers une vieille femme qui s'avançait lentement dans la chambre, avez-vous donné l'argent au petit garçon ?

— Quel garçon ?... Voilà une lettre pour vous.

— Quel garçon ! mais le petit marchand de gâteaux, répondit Pierre brusquement en prenant la lettre.

— Oh bien ! comment aurais-je pu deviner ce que vous vouliez dire ? Certainement, je l'ai donné.

Et la vieille dame se retira aussi lentement qu'elle était entrée.

Pauvre vieille Marthe ! Pendant soixante ans elle s'était associée à la destinée de Pierre Pringle. Quand il était enfant, c'était pour jouer avec lui qu'elle venait voir sa mère, la cuisinière de madame Pringle ; lorsqu'il fut jeune garçon, elle allait le chercher à l'école ; quand il fut homme, elle prit soin de son ménage ; et enfin elle était venue s'installer dans sa maison de Camberwel. Elle était à la fois la femme de charge et l'unique servante du vieillard.

Une si longue cohabitation les avait

rendus aussi semblables que possible : mêmes pensées, mêmes regards, mêmes paroles. Ils se respectaient mutuellement, et avaient l'un pour l'autre un amour aussi grand que le comportaient leurs cœurs ; ils s'appelaient petite Marthe et maître Pierre, coutume qui remontait aussi loin que leurs souvenirs.

La maison de Pierre avait le même aspect que sa personne. Les meubles étaient élégants et commodes , car M. Pringle n'était pas avare quand il s'agissait de son bien-être; mais ils avaient un air de tristesse et d'abandon, et, malgré son luxe, l'appartement semblait dévasté.

Souvent, bien souvent, Pringle s'en était aperçu; car jamais un ami ne s'était assis sur les chaises bien rembourrées; jamais personne n'était venu le voir, excepté un vieux client qui, une ou deux fois par an, lui rendait visite, attiré plutôt par l'habitude et par un verre d'excellent porto, que par toute autre raison.

Le lendemain, tout le monde allait célébrer la Noël, et pourtant personne ne devait dîner avec Pierre.

Le toit de sa sombre maison ne devait pas recouvrir une joyeuse assemblée. Il avait donné à Marthe la permission de réunir quelques amies, mais celle-ci avait répondu :

— Je vous remercie , je suis comme vous, je n'en ai pas.

Et bien que ces paroles semblassent être l'expression d'un regret et d'un reproche , la vieille s'était retirée aussi calme, aussi froide que de coutume.

Pierre s'était donc contenté d'ordonner pour lui un excellent dîner, dont Marthe devait manger les restes. Certes il faisait tout ce qui était en son pouvoir pour se rendre heureux; mais il n'y parvenait pas ; car il n'y a pas de bonheur pour un esprit mécontent.

Il avait souscrit à plusieurs institutions charitables , afin , disait-il , d'avoir fait son devoir, et de ne plus être fatigué par le récit de toutes les souffrances qui l'entouraient.

Tel était cet égoïsme de parti pris, que Pringle se calomniait ainsi lui-même , attribuant à sa raison et à l'amour de soi ce qui n'était dû qu'au reste de chaleur qu'il avait au cœur. Et ce pauvre esprit chagrin s'agitait ainsi sans cesse dans l'amertume du mécontentement sans se sentir ni la force ni la volonté d'en sortir.

— Bon , je sais d'avance ce qu'elle contient , dit-il , en regardant et en ouvrant la lettre. Ils ont besoin de quelque chose, j'en suis sûr. Que ne m'ont-ils pris tout mon argent afin de me laisser en repos! Parcourir cinquante milles sur cette épaisse couche de neige... et pourquoi?... pour m'entendre souhaiter une *joyeuse Noël*... pour voir des gens qui rient, qui mangent et qui croient passer une *joyeuse Noël* dans la maison d'un pasteur.— Avec cela que ces mots-là sont synonymes, gaîté et prêtre... Certes non ! — Je déteste les prêtres.

Et jetant la lettre sur la table, il se promena de long en large dans sa chambre.

Il s'avança vers la fenêtre. L'obscurité augmentait. De grands feux jetaient une lueur rougeâtre sur les plafonds des maisons qui occupaient l'autre côté de la rue. Dehors, tout le monde marchait d'un pas pressé; beaucoup portaient des paquets , des cadeaux de Noël pour le lendemain. Les omnibus étaient remplis d'employés qui rapportaient chez eux des jouets achetés au marché d'Himgerford. Chacun riait, plaisantait, et, plein de joie, pensait à la fête du lendemain.

Le petit marchand de gâteaux se hâtait de retourner vers sa demeure; on est à la veille de Noël et il est pressé de rejoindre son père et sa mère. Il vient de recevoir huit sous, et une séduisante perspective se déroule devant lui : il pense qu'il pourra peut-être se procurer de l'*ale* et des tartines de beurre ; quelle sera alors la surprise de son père, de sa mère et du petit Jacques !

Voici maintenant l'allumeur de lampes qui arrive : à voir son empressement, on dirait qu'il a parié d'illuminer tout le quartier dans l'espace d'un moment. Faisant un entrechat, il enjambe l'échelle et s'écrie en allumant le bec de gaz d'une boutique :

— C'est moi qui éclaire le peuple.

La plaisanterie n'était pas neuve ; mais elle excita néanmoins le rire d'un petit garçon qui respectait profondément l'allumeur à cause de sa merveilleuse agilité.

La nuit devenait plus profonde. Une longue et lourde voiture de louage s'avança lentement et s'arrêta devant la maison d'en face. Aussitôt la porte s'ouvrit.

Il était évident qu'on avait guetté l'arrivée des nouveaux venus et qu'ils étaient attendus avec impatience. Quatre ou cinq enfants, habillés de robes roses, se précipitèrent au-devant d'eux ; les parents étaient aussi vêtus d'habits de fête. Tous s'embrassèrent au bas de l'escalier ; les petits bras entourèrent les petites tailles, et de petits personnages firent grimper les degrés à d'autres petits personnages. Puis la porte se referma, et des ombres reflétées sur les jalousies du salon indiquèrent la pièce où s'étaient réunis ces cœurs joyeux.

Pringle quitta la fenêtre, en poussant une exclamation d'impatience.

Combien sa chambre était froide et morne ! Elle était sombre, plus sombre que la rue ; le feu s'éteignait, et le bec de gaz réfléchissait sur le parquet sa triste lueur. Un léger frisson passa dans

le corps de Pringle, et il se dit à lui-même :

— J'irai demain.

Ce n'était pas la lettre chaude et affectueuse qui l'avait décidé, ni ces douces paroles :

«Venez, mon cher oncle, nous tâcherons de vous rendre heureux. »

Non, il n'agissait point par affection pour ceux qui l'avaient invité ; mais il pensait qu'il serait mieux là que chez lui. Il sonna donc Marthe.

— Je vais chez les Austins, lui dit-il, lorsqu'elle entra lentement dans la chambre.

— Pourquoi ? et quand ?

— Pourquoi ? parce que cela me plaît ; quand ? demain. Mettez dans mon sac une chemise, quelques chaussures et tout ce dont je puis avoir besoin.

— Fort bien ; alors il faut que je reste ici toute seule ; c'est amusant.

Et, avec sa lenteur habituelle, elle sortit de l'appartement.

Le lecteur trouvera peut-être les paroles de Marthe un peu dures ; mais chez elle ce n'était pas mauvaise intention, elle ne pouvait pas s'empêcher d'être rude dans ses expressions. Elle avait pour son maître une brutale affection, et elle s'imaginait que personne ne pourrait le soigner mieux qu'elle ; aussi était-elle toujours prompte à tempérer son ardeur pour les voyages lorsqu'un projet aussi étrange lui était soumis.

Elle ne s'empressa donc nullement de faire le paquet, pensant que la nuit pourrait bien modifier l'intention de son maître.

Mais non ; il y était résolu et rien ne pouvait le faire changer. A huit heures du matin, il avait déjà parcouru quelques milles sur le grand chemin de fer de l'Ouest.

Quant à nous, nous allons le précéder au lieu de sa destination.

C'est par une joyeuse matinée de Noël. Un soleil radieux répand une lueur rougeâtre sur les flocons de neige suspendus aux branches des arbres, et rend pittoresque un vieux baquet ou une planche pourrie.

La cure de maître Austins est une belle maison, située au milieu d'un magnifique jardin ; elle est entourée de sapins épais au-dessus desquels perce le clocher de l'église. La douce Mary Lester est à la fois sa pupille et la nièce de Pierre Pringle. La mère de cette jeune fille s'était mariée contre le consentement de celui-ci. Aussi, lorsque elle et son mari moururent, laissant une orpheline sans fortune, refusa-t-il de la voir et de la prendre chez lui ; mais afin de ne plus être importuné à l'avenir, il consentit à payer une pension à maître Austins pour que celui-ci se chargeât de l'enfant, et promit de lui donner une dot, si elle faisait un mariage qui lui convînt.

Bien des fois, les Austins avaient prié le sombre vieillard de venir passer quelque temps au milieu d'eux ; mais il avait toujours refusé. Cependant ils ne purent supporter de le savoir seul le jour de Noël ; ils lui écrivirent de nouveau, et cette fois leur demande fut bien accueillie, sans que personne pût en savoir la cause.

Ce matin-là, tout le monde était bien occupé à la cure : il fallait préparer les présents destinés aux pauvres, puis se rendre à l'église pour remercier Dieu, qui leur avait permis une fois encore de se rassembler sous la voûte sacrée, sans qu'une seule place fût demeurée vide dans leur petit cercle.

M. Austins n'avait qu'un enfant, une fille d'environ seize ans. Elle et Mary Lester étaient inséparables ; chacune d'elles confiait à l'autre tous les secrets de son cœur, et elles n'imaginaient pas que, dans l'avenir, aucun événement pût détruire l'affection qui existait entre elles.

Et qui aurait pu chercher à affaiblir cette heureuse confiance? Qui aurait pu accepter la rude tâche de dire à ces jeunes cœurs qu'en entrant dans la vie, elles seraient forcées de se séparer l'une de l'autre, que des liens plus proches et plus chers viendraient se placer entre leurs deux âmes, et qu'elles vieilliraient pour se dire un jour : Combien nous nous aimions lorsque nous étions jeunes !

Agnès Austins était une jolie créature aux yeux bleus, aux cheveux blonds, et habituée à bondir dans la maison comme un farfadet. A peine aviez-vous entendu son rire sonore dans le vestibule, qu'elle était déjà devant vous. Elle ne savait pas ce que c'était que de marcher ; et quoique sa mère, toujours calme, lui répétât sans cesse qu'on n'était point pressé, elle ne se serait jamais décidée à traverser tranquillement sa chambre.

Sa gaîté, sa légèreté et ses cheveux blonds lui avaient fait donner le surnom de petite fée, et on ne l'appelait jamais autrement.

Mary Lester n'était pas jolie ; mais elle était aimable, intéressante, tranquille, ferme et grave. Ne se faisant remarquer ni par la beauté, ni par l'esprit, elle n'avait point d'attrait pour la plupart des observateurs ; mais ceux qui connaissaient l'élévation de ses principes, et sa fermeté dans le sévère accomplissement de ses devoirs, l'aimaient comme elle le méritait.

Dans la bibliothèque de M. Austins tout respirait le comfort. Quel beau feu ! Comme le chat est couché paresseusement devant le foyer, où chante la bouilloire étincelante! Quel succulent déjeuner couvre la table, et comme la nappe éclate de blancheur, malgré la neige qui prend un malin plaisir à ternir toute chose ! Surtout quels gais convives rassemblés pour le déjeuner ! Quelle réunion joyeuse et reconnaissante ! Personne qui ne tourne vers le visage de son voisin un regard affectueux. Dans une telle chambre, qui ne se serait trouvé heureux ?

— Papa, dit tout-à-coup Agnès, en s'adressant à son père qui lisait le journal (occupation très importante pour la plupart des hommes), papa, cher petit père !

Pas de réponse.

Elle reprit de nouveau :

— Cher petit père, vous ne lirez pas une seule ligne avant de m'avoir répondu.

Et elle cacha avec sa main l'endroit que lisait son père.

— Comment pouvez-vous vous imaginer, dit Mary en souriant, que votre délicate petite main empêchera M. Austins de voir ? vous savez bien qu'il continuera à lire.

— Je lui ai pourtant fait lever les yeux, dit-elle, remarquant que M. Austins regardait par-dessus ses lunettes la joyeuse figure de sa fille bien-aimée. —Maintenant, continua-t-elle, dites-moi si vous pensez que ce soit un ours ?

— Comment ? quoi ? si je pense que c'est un ours ; qui est-ce qui est un ours ?

— M. Pringle.

— Un ours, ma chérie ; ô ciel ! j'espère que non, pour notre sûreté à tous, et surtout pour vous ; car certes il ne ferait qu'une bouchée d'une mignonne créature comme vous, ma petite fée.

— Oh ! papa, vous me comprenez très bien : je vous demande si c'est un homme bourru, sauvage et rude.

— Comment puis-je vous le dire, ma chère petite fille, je ne l'ai jamais vu de ma vie. C'est l'ami de votre mère ; demandez-lui donc des détails ; car c'est elle qui a tout arrangé avec lui, et c'est à elle que nous devons d'avoir vu notre famille s'augmenter d'une manière heureuse, dit-il en caressant doucement l'épaule de Mary.

— Tiens, c'est étonnant que je n'aie jamais su cela. A quoi ressemble-t-il, maman ? me fera-t-il peur ?

— J'espère que non, ma chérie ; il n'a rien de bien terrible, et je pense qu'avec un peu de bonté, on arrivera facilement à adoucir ses rudes manières. Pauvre homme ! les premières années de sa vie ont été amères, et pour lui la bonté et le bonheur ne sont que des mots.

—C'est donc à nous, ma chère Agnès, lui dit son père, de le détromper, de lui montrer que tous deux peuvent exister et existent ; que quoiqu'il ne soit pas donné d'en jouir pleinement ici-bas, cependant nos efforts pour y arriver sont largement récompensés. Vous croyez au bonheur et à la bonté, Mary, n'est-ce pas ? dit-il avec un sourire significatif.

Mary rougit, et dit en souriant :

— Oui, je crois que vous êtes bons et que je suis heureuse.

Un violent coup de sonnette annonça un visiteur.

— Le voilà, dit Agnès, en s'élançant de sa chaise.

— Qui, Frank ? demanda Mary en se levant.

— Non, non, votre oncle, Mary, répondit Agnès.

— Oh ! dit Mary, en s'asseyant tranquillement.

M. Austins sourit :

— A quoi pensez-vous, Agnès, dit-il,

de faire lever les gens ainsi pour leur causer des désappointements. Mais je crois
que vous vous êtes trompée, à moins que
l'oncle de Mary ne soit enveloppé d'un
papier brun, ajouta-t-il, en voyant la servante entrer avec un paquet.

— Pour mademoiselle Lester, dit
celle-ci.

—Ah! Mary, d'où cela vient-il, et de
quelle part? Dépêchez-vous de couper
la ficelle.

Mais Mary, le visage en feu, conti-
nuait de défaire lentement les nœuds ;
enfin, au moment où Agnès allait perdre
patience, elle tira de l'enveloppe un élégant pupitre.

— Cela doit être un cadeau de Noël,
dit M. Austins; il est vraiment charmant.
Maintenant le difficile sera de découvrir
celui qui a fait le présent. Mary, si vous
transportiez le pupitre dans votre chambre, vous pourriez l'examiner à votre aise
et peut-être trouveriez-vous l'explication
de ce mystère.

— Oh! je viens de l'avoir par la dernière poste, dit Mary très bas, mais avec
un joyeux sourire.

— En vérité? Alors puisque vous êtes
dans le secret, nous ne vous ferons pas
de questions ; et vous, mademoiselle
Agnès la curieuse, laissez le pupitre de
Mary, et habillez-vous pour aller à l'é-
glise, sans quoi vous arriverez trop tard.
Quant à Mary, continua-t-il, il faut
qu'elle reste à la maison, car son oncle
pourrait arriver.

— Sans doute, dit madame Austins.

Agnès descendit bientôt tellement enveloppée de fourrures, que sa rayonnante
petite figure perçait comme une fleur qui
sort d'un épais feuillage.

Tous se rendirent à l'église, laissant
Mary pour recevoir son oncle. Elle l'at-
tendit avec crainte.

Il y avait à peine dix minutes qu'elle
était seule, lorsqu'on vint lui apprendre
la terrible nouvelle de l'arrivée de
M. Pringle.

— Ah! Comment vous portez-vous?
Alors c'est vous qui êtes Mary Lester? dit
M. Pringle en voyant entrer la jeune fille.

— Oui, mon cher oncle.

—Ah! vous ne ressemblez pas du tout
à votre mère; elle était très jolie, à votre
âge... Où sont les autres?

Mary ne parut ni surprise, ni fâchée
de cette brutalité, et de sa voix la plus
douce elle répondit :

— A l'église.

— A l'église! euh! par ce temps? Rien
que d'y penser, cela vous donne le frisson. Je n'ai pas été à l'église depuis un
siècle, moi.

— Je le crois facilement, se dit Mary
tout bas.

Puis, s'adressant à son oncle, elle
ajouta :

— On m'a recommandé de vous donner tout ce que vous pourriez désirer,
mon cher oncle.

— Eh bien, je désire l'été.

— Oh! pour cela, dit Mary en souriant doucement, et en le débarrassant
de son pardessus, il nous est impossible
de vous le donner; mais un bon feu et
une réception meilleure encore vous y
feront croire.

— Oh! donnez-moi quelque chose à
manger.

Marie sonna et demanda quelques ra-
fraîchissements. Elle servit son oncle
avec tant de gentillesse; elle fut si tranquillement empressée auprès de lui ; on
était si bien dans cette chambre; Pringle
était si peu habitué au charme d'une

Dieu me bénisse! je n'ai jamais vu un chat si famillier.

femme douce, que petit à petit il devint moins rude. Il se baissa même pour caresser le chat au lieu de le repousser; l'animal se leva, se détira, vint se coucher à ses pieds en faisant entendre un grognement de satisfaction, et enfin sauta sur ses genoux.

Pringle semblait presque content, et il s'écria .

—Dieu me bénisse ! je n'avais jamais vu un chat si familier ! Que voit-il donc en moi ?

Et néanmoins cette familiarité qui lui eût été insupportable chez lui, non-seulement il la souffrit; mais il se prêta à la fantaisie du chat, et s'arrangea pour que ses genoux lui fussent un siége commode.

Lorsque la famille Austins revint de l'église, elle lui souhaita la bienvenue avec on ne peut plus de bonté. Pierre Pringle, installé dans un bon fauteuil près d'un feu réjouissant, un livre à la main et tout le monde assis autour de lui, se sentit plus à son aise qu'il ne l'avait jamais été. Pensa-t-il une fois à la pauvre vieille Marthe, restée seule dans une triste maison ? Certes non; il se trouvait bien, et il ne supposait pas que personne pût être mal.

M. Jones.

Le jour touchait à sa fin; les heures lui avaient semblé bien courtes. A cinq heures les invités arrivèrent pour dîner. C'étaient le père et la mère de M. Austins, sa sœur, accompagnée de son mari et de ses trois enfants, M. Wentworth et M. Jones, vicaire très sensible et que M. Austins n'oubliait jamais d'inviter. Sa famille demeurait loin de là, et le bon prêtre s'efforçait de lui persuader que Heathcote était comme sa maison.

Mais malheureusement pour la paix de son esprit, M. Jones y était venu trop souvent, et quand il voulait écrire ses sermons, des sonnets à Agnès venaient se placer sous sa plume. Son papier était couvert de figures, ayant toutes les mêmes traits; ses tiroirs et son pupitre étaient remplis de fleurs fanées, de morceaux de rubans et de petits papiers couverts d'écriture ; tous ces trésors venaient de chez M. Austins. En un mot, le pauvre Jones était éperdûment amoureux.

Il n'y avait rien de plus amusant que de voir Agnès se cachant dans les coins, pour éviter d'être assise à côté de Jones. Parfaitement indifférente, elle répondait très haut aux niaiseries qu'il lui murmurait à l'oreille. C'était avec une sorte de terreur qu'elle plaçait sa main délicate dans les siennes, et elle avait toujours soin de la retirer promptement.

Pauvre enfant, il n'était point étonnant qu'elle ne l'aimât pas : il était si grand, si effrayant, si étrange, si peu intéressant ! Il n'était point étonnant non plus que lui l'aimât : elle était si séduisante ! Et malheureusement, plus elle était indifférente, plus il semblait l'aimer, et son vieil œil noir ne quittait jamais cette petite beauté agaçante

Quant à Frank Wentworth, ses yeux n'étaient pas moins occupés sous le toit hospitalier de la cure ; son cœur appartenait à la douce Mary qui, ce jour-là, était dans une crainte constante de voir sa conduite ou celle de son fiancé tout révéler à M. Pringle, avant que M. Austins l'eût averti, et que son consentement fût donné.

Ils étaient certains d'obtenir ce consentement ; mais ils pensaient que le vieillard fantasque tiendrait à être instruit le premier de toute cette affaire.

Enfin, M. Austins sortit de la chambre avec lui, et leur absence fut longue. Lorsqu'ils revinrent, Mary regarda leurs visages avec anxiété. Rien n'était changé dans l'extérieur de Pierre Pringle ; mais Mary crut lire une expression douloureuse sur la figure de M. Austins.

Pensant qu'elle s'était trompée, elle posa son bras sur celui de Frank et le regarda avec amour. Celui-ci pressa tendrement le bras qui lui était offert, oubliant ce que cet acte pouvait avoir de choquant.

— Il me semble qu'on est mieux sans lumière, dit M. Austins ; j'aime à voir ainsi la flamme du foyer.

— Oui, certes, répondirent plusieurs voix.

Qui aurait pu penser autrement ? qui aurait pu ne pas aimer cette brillante flamme, bondissant dans la cheminée comme un feu follet, ce dont la grave fumée paraissait tout étonnée. Mais soudain, elle disparaît ; cependant, ce n'est pas pour longtemps ; bientôt elle se précipite avec bruit au milieu des bûches, ou se glisse au milieu, doucement, comme si rien ne la pressait ; et toujours elle fait entendre sa douce et pétillante petite voix ; elle vous crie d'approcher pour voir combien sa lueur est chaude et joyeuse.

Plusieurs des convives se rendirent à cette invitation ; M. et madame Austins, Jones, et toutes les personnes âgées se rassemblèrent autour du feu et se mirent à causer. Agnès et les enfants commencèrent leurs gambades. Frank et Mary allèrent se placer dans un coin que n'éclairait pas la flamme du foyer.

Malheureusement, les yeux de Pierre Pringle demeurèrent fixés sur ce coin avec tant d'impatience, que M. Austins finit par s'écrier :

— Nous ferons mieux, maintenant, d'avoir de la lumière.

On apporta des bougies ; Mary et Frank sortirent de leur retraite, Mary fort rouge et déclarant que la lumière était bien vive, Frank prétendant qu'il savait parfaitement de quoi on causait ; de sorte qu'il plaça dans la conversation des phrases qui n'avaient aucun rapport au sujet.

M. Austins se contenta de sourire en regardant le jeune homme ; mais il n'en fut pas de même de Pringle : accoutumé depuis longtemps à ne voir que le mauvais côté des choses, il ne pouvait augurer rien de bon de cet incident si peu important et si facile à comprendre.

Heureusement un domestique vint annoncer que le dîner était servi. La table, couverte de mets délicieux, produisit un merveilleux effet sur les convives.

Le dîner était toujours une chose fort

importante pour Pringle ; aussi sa figure prit-elle un air de satisfaction. M. et madame Austins jeunes étaient fort affairés. Leurs vieux parents parlaient des Noëls passées. On avait eu soin de percher les enfants sur de grandes chaises avant le commencement du dîner. Leurs figures et leurs petites mains violettes et glacées dégelèrent promptement. Agnès, qui s'était réservé une place parmi eux, se mit à causer poupées et petits ménages. Frank et Mary se parlaient tout bas, sans s'inquiéter s'ils mangeaient du roastbeef ou du cuir bouilli. Jones seul semblait mal à l'aise ; car il était loin d'Agnès et obligé de découper une dinde. Prenez-le en pitié, vous tous qui êtes amoureux et qui n'aimez pas à découper. Il espérait n'être pas observé, ou du moins n'avoir personne à servir.

Mais il espéra en vain. En vain il s'écria qu'il serait bien fâcheux de ne pas manger de bœuf le jour de Noël, tout le monde voulut avoir de la dinde.

La voix aigre et les remarques plus aigres encore du vieux Pringle le faisaient tressaillir à tous moments, de sorte qu'à la fin du dîner il transpirait de manière à guérir le rhume le plus invétéré.

Le repas achevé, on retourna au salon. Après le thé on proposa un jeu à gages pour les enfants. M. Pringle, que tout cela ennuyait fort, se retira dans la bibliothèque, en se plaignant du bruit. M. Austins l'y suivit.

— Pardonnez-moi de vous troubler de nouveau, monsieur Pringle, dit-il ; mais j'aime Mary comme mon enfant, et je ne puis pas accepter de la voir malheureuse ; je ferai donc tous mes efforts pour vous rendre moins inexorable.

— C'est inutile, je ne reviens jamais sur ce que j'ai dit. Il est trop jeune et trop pauvre ; des unions préparées si longtemps à l'avance tournent mal, et comme ils ne doivent pas se marier, ils feraient mieux de ne plus se voir. Aussi je vous conseille de renvoyer ce garçon ; autrement vous savez ce qui arrivera : ils se marieront sans que je dote Mary, et je laisserai mon argent à la vieille Marthe, ou à un hôpital. Ne m'en parlez plus !

— Mais en vérité, monsieur, vous êtes trop prompt ; Wentworth est un excellent jeune homme ; chez lui les sensations sont fortes et profondes. Un tel coup porté à ses espérances, au moment où il entre dans la vie, pourra lui faire un mal incalculable ; son travail n'aura plus de charme, et vous pouvez ainsi le précipiter dans la misère... dans le vice.

— Eh bien ! qu'ils se marient, peu m'importe.

— Mais, monsieur, une petite dot leur permettrait de le faire sans crainte de l'avenir.

— Je vous ai déjà dit que telle n'était pas ma volonté ; ainsi n'en parlons plus.

— Vous m'avez dit cela, en effet ; mais il n'est pas de volonté si ferme qui ne puisse être modifiée par une réflexion. Souffrez donc seulement que nous espérions.

— A votre aise ; mais la loyauté m'oblige à vous déclarer que vous espérerez en vain.

M. Austins sortit en soupirant tristement. Le vieux Pringle tira sa grosse montre de sa poche, la plaça sur le marbre de la cheminée, et regarda longtemps le cadran d'émail et les aiguilles qui remuaient lentement.

Pendant qu'il la regardait, il lui sembla qu'il en voyait sortir une espèce de fumée qui épaississait de minute en minute.

Stupéfait, il retint sa respiration, et ses cheveux se dressèrent sur sa tête ; car cette fumée s'était transformée en une ombre. Pringle avait devant lui un homme portant une faulx et un sablier.

— Qui es-tu ? demanda Pringle , en tremblant.

— Celui qui de l'enfant fait un vieillard , de la chrysalide un joyeux papillon. Souvent on a imploré mon arrivée ; souvent on m'a supplié de m'éloigner ; mais jamais je ne suis venu deux fois. J'apporte les larmes et j'adoucis toutes les douleurs ; les cœurs las et brisés me bénissent , car je leur donne le repos. Vous avez mal usé de moi, et je viens ici pour vous le dire ; je suis le Temps. J'ai été votre compagnon pendant soixante années. A quoi vous ai-je servi ?

— J'ai travaillé sans relâche , murmura Pringle ?

— Et dans quel but ? vous avez amassé des richesses pour votre propre bien-être ; mais en quoi ont-elles servi à vos frères ? Quel avantage ont-ils pu tirer de vos connaissances ? Qui avez-vous consolé par une douce parole ? Qui a pu profiter de votre exemple ? Maintenant que vos forces diminuent, et que l'âge a obscurci vos yeux, dites-moi où est la bonne action qui pourra vous accompagner jusqu'à votre tombe.

Lisez dans votre passé. Songez à ce qui a fait de vous un être dur et inflexible. Ecoutez ! je vais rester quelques instants avec vous, afin du moins que la bénédiction d'un de vos semblables vienne dorer les rayons de votre soleil couchant. Arrêtez : un esprit va venir à votre aide.

Et Pringle vit une seconde ombre s'élever à côté de la première : c'était une femme pleine de grâce et portant dans sa main un rouleau de papier. Sa robe semblait faite du même tissu que les nuages ; elle était belle , mais son expression variait sans cesse ; quelquefois elle était triste , profondément triste , puis elle devenait rayonnante de joie.

Le Temps se tourna vers elle, et d'une voix solennelle il dit :

— Ombre du passé , déroule tes tablettes.

Aussitôt elle déplia le papier qu'elle tenait à la main, et le présenta aux yeux de Pringle.

Il vit alors un petit garçon qui priait sur les genoux de sa mère.

Mais bientôt ce tableau disparut pour faire place à un groupe de joyeux enfants, réunis dans une chambre ornée de houx. Au plafond est suspendue une branche au-dessous de laquelle se tient un petit garçon aux blonds cheveux et qui ressemble beaucoup au premier enfant montré par l'ombre. Son bras est passé autour du cou d'une petite fille qui fait tous ses efforts pour lui échapper. Une montre est suspendue au côté du petit garçon.

Mais tout cela disparut rapidement , bien rapidement , et Pringle aperçut un jeune homme à côté d'une jeune fille en larmes. Il tenait sa main et regardait son visage avec amour. Bientôt apparut un homme grand et sombre , qui s'empara brutalement de la main de la jeune fille.

Pringle se cacha le visage, tout son corps tremblait violemment ; il s'écria d'une voix étouffée :

— Esprit , ayez pitié de moi ; ne me rappelez pas le passé.

Il leva la tête : tout avait disparu. Le jeune homme avait vieilli ; il était assis dans un bureau devant un pupitre. Près de lui est ce même homme au regard sombre ; mais il n'a plus cette contenance orgueilleuse et hautaine : pâle, maigre, misérablement vêtu, il semble implorer ce jeune homme dont il avait détruit le bonheur. Son regard suppliant est fixé sur une pile d'or placée à côté de lui ; mais le jeune homme la recouvre de sa main, et, secouant la tête avec un sourire de mépris, il montre la porte au vieillard.

Pringle joignit convulsivement les mains.

—Assez, assez, s'écria-t-il. Esprit, aie pitié de moi, je t'en supplie. Il ne m'avait pas dit qu'elle en avait besoin.

— Quelques années auparavant ton cœur te l'eût dit, répondit le Temps ; mais alors la soif des richesses l'avait déjà endurci ; l'égoïsme l'avait glacé.

— J'ai pourtant fait quelque bien en ma vie, reprit Pringle d'une voix tremblante.

— C'est-à-dire que la vanité, l'ostentation, et peut-être quelques restes mal éteints des bons sentiments dont Dieu t'avait si généreusement doué, te l'ont parfois arraché. Ta vie aurait pu être pleine de charmes et tu t'es efforcé d'en faire un long supplice.

— Oh ! oui, j'ai beaucoup souffert ! .. Pitié ! pitié !

Les esprits ne répondirent pas ; mais continuèrent silencieusement leur œuvre. Pringle vit devant ses yeux une misérable chambre : sur une paillasse est étendue une jeune fille ; le sombre vieillard est agenouillé devant elle et lui tient les mains. Silence ! elle parle :—oh ! dites-lui, murmure-t-elle, que je l'ai béni jusqu'à mon dernier soupir.

Une brillante lumière éclaira le tableau, et tout disparut. Des larmes tombaient le long des joues de Pringle, et des sanglots amers s'échappaient de sa poitrine. Lorsqu'il releva la tête, le Temps seul se tenait devant lui.

—Oh ! je comprends tout maintenant, s'écria Pierre ; mais n'y a-t-il pas une excuse pour moi ? J'aimais Hélène tendrement, oh ! bien tendrement ! Si je travaillais sans relâche, c'était dans le seul but d'en faire ma femme, et il nous a séparés sans raison ; c'était bien dur à sup-

porter, et mes bons sentiments se sont affaiblis.

Le Temps leva la main, et une voix murmura :

—*Wentworth es' un excellent jeune homme ; chez lui les sensations sont fortes et profondes. Un tel coup porté à ses espérances, au moment où il entre dans la vie, pourra lui faire un mal incalculable.*

Quelle pouvait être cette voix !

Le Temps reprit :

— Et vous qui savez ce qui a rendu votre vie amère, vous ne craignez pas de flétrir ainsi l'existence d'un autre ? Qu'avez-vous répondu à M. Austins ? Avez-vous pensé à vos premières années, à votre premier amour, quand vous avez froidement détruit les espérances de votre nièce orpheline ? Et pourtant vous savez tout le mal qui peut résulter d'une première faute. Si vous aviez assisté cet homme ruiné...

— Assister l'homme qui avait été si cruel envers moi et qui avait brisé le cœur de celle que j'aimais plus que la vie !

— Ah ! reprit l'esprit, pourquoi avez-vous oublié les leçons apprises sur les genoux de votre mère, les préceptes du livre saint ? Si vous aviez rendu le bien pour le mal, vous ne seriez pas ce que vous êtes maintenant. Pourquoi cette agonie lorsque vous songez au passé ? Ce n'est point le souvenir de vos épreuves ; elles ne sont plus, et c'est à peine si la pensée de vos souffrances amène un soupir sur vos lèvres. Mais ce que vous ne pouvez supporter, c'est d'avoir mal agi ; et le fardeau d'une conscience coupable est trop lourd pour vous. Voilà pourquoi les hommes veulent si souvent chasser la pensée ; voilà pourquoi ils veulent étouffer le passé ! Mais il reviendra sans cesse et souvent une main invisible fera vibrer cette corde qui doit toujours ramener chez eux une douleur aussi vive. Et alors que ne donneraient-ils pas pour les années que j'ai emportées et qui ne reviendront plus ? Combien leur conduite serait différente s'ils pouvaient recommencer la vie! Vous y pensez maintenant ; mais c'est inutile ; employez-moi bien tant que je demeure avec vous, rachetez les erreurs du passé, et la paix, si douce et si indulgente, pourra revenir vers vous.

Pringle avait écouté la tête baissée. Lorsque l'esprit eut fini de parler, l'heure sonna à l'église ; Pringle leva la tête, une main était posée sur son épaule et une douce voix lui dit :

— Mon oncle, voulez-vous venir dans le salon maintenant ; ils sont tous partis, excepté Fra... M. Wentworth. Vous dormiez, n'est-ce pas ?

— Oui, j'ai eu un long sommeil, mais il faut que je me réveille avant de m'endormir pour toujours. Envoyez-moi M. Wentworth, ma chère, ou plutôt amenez-le vous-même.

—Oui, mon oncle, répondit Mary étonnée. Elle sortit.

Elle revint bientôt avec Frank.

—Mon bon jeune homme, dit Pringle, vous aimez ma nièce, je crois ?

— C'est vrai, monsieur, je l'aime tendrement.

— Cela suffit, monsieur, vous n'avez pas besoin de m'interrompre.

A soixante ans, et quand on a vécu comme M. Pringle, on ne change pas facilement d'humeur et de formes ; aussi, malgré les bonnes dispositions actuelles du vieillard, sa parole était-elle redevenue subitement dure, acerbe. Frank, qui avait d'abord espéré, en reçut une commotion douloureuse, et son visage un instant rayonnant se rembrunit

La montre fit entendre son tic-tac, et Pringle reprit d'un ton plus doux :

— Vous aimez ma nièce. Je sais que vous êtes bon, travailleur ; que vous la rendrez heureuse, et que, moi aidant, vous pourrez la faire vivre dans l'aisance. Si je ne consentais pas à votre mariage, que feriez-vous ? Vous vous marieriez sans mon consentement, je suppose.

— Non, monsieur, pas maintenant en vérité, dit Frank en souriant. J'attendrais jusqu'au moment où je pourrais faire vivre Mary par mes propres ressources. Peut-être alors, nous nous passerions de votre consentement, n'est-ce pas, Mary ?

Mais Mary nouait en tous sens les cordons de son tablier et ne répondait pas.

La réponse froide et inattendue de Frank fut une épreuve pour Pringle. Une parole amère allait lui échapper, lorsqu'il fut de nouveau averti par la montre.

Il continua :

— Mais si je vous retirais Mary ; mais si je vous empêchais pour jamais de l'épouser, que feriez-vous ? Vous vous marieriez avec une autre, n'est-ce pas ?

Frank ne souriait plus ; il répondit tristement :

— Jamais, monsieur ; je puis attendre des années, vivre dans l'espérance qu'un jour elle sera à moi ; mais je ne puis pas en épouser une autre.

—Non, jamais ! dit Pringle. Et quand vous aurez attendu et espéré en vain, quand elle sera morte de désespoir, vous chercherez à amasser des richesses. L'or arrachera l'amour de votre cœur : vous travaillerez, l'argent arrivera ; mais plus vous en aurez, plus vous en voudrez, et vous direz : J'en jouirai quand je serai vieux ; je suis bien aise de ne pas m'être marié : tout cela sera pour moi seul. Vous vieillirez, vous dépenserez votre argent péniblement amassé ; vous chercherez le comfort ; mais vous ne le trouverez pas. Lorsque vous serez assis seul devant votre foyer, la pensée de celle que vous avez aimée viendra vous visiter; vous souhaiterez, avec toute l'agonie du désespoir, là voir à vos côtés, et comme moi vous maudirez l'homme qui vous aura séparés.

Pringle, sous l'impression des principaux événements de sa vie qu'il venait de passer en revue d'une manière aussi extraordinaire qu'inattendue, parlait avec une chaleureuse conviction ; car tout ce qu'il supposait ainsi que Frank ferait, lui-même l'avait fait; toutes les tortures qu'il énumérait, il les avait subies, et il les subissait encore chaque jour, presque à chaque heure. Le jeune homme, toutefois, ne parut pas convaincu, et il répondit sans hésiter :

— Non, non, monsieur, les choses ne se passeront point ainsi. Je crois ma petite Mary trop énergique pour mourir de douleur, si nous étions séparés.

Ici sa voix trembla.

— J'espère que nous supporterions l'épreuve avec fermeté et que, grâce à l'accomplissement de notre devoir, nous serions un jour réunis sans que personne pût nous séparer.

Il s'arrêta tout à coup, car des sanglots venaient de frapper son oreille ; il saisit les mains de Mary et lui dit tout bas :

— Tais-toi, tais-toi, ma bien-aimée, voilà la seule chose que je ne puisse pas supporter.

Il y eut un long silence que le bruit de la montre interrompit seul ; enfin Pringle se leva et posa sa main dans les leurs. Ils tressaillirent. Mary s'attacha plus fortement à Frank.

— Ah ! Mary, dit Pringle, vous avez le droit de douter de moi; mais ne craignez rien ; je ne veux pas vous séparer. En mourant, je veux emporter la conviction que j'ai rendu quelqu'un heureux. Prenez-la, Frank ; elle est à vous.

Mary jeta ses bras autour du cou de son oncle ; elle ne pouvait pas parler, mais ses larmes remerciaient éloquemment. Le vieux cœur de Pringle bondit de joie, et battit de concert avec la montre, lorsque Wentworth le remercia en lui pressant chaleureusement les mains; et lorsque tous deux lui dirent combien il serait soigné et aimé, ses yeux brillèrent comme ils n'avaient pas brillé depuis longtemps. Enfin Pringle les supplia de lui permettre d'aller prendre un peu de repos ; il leur dit aussi d'avertir M. Austins de ce qui se passait.

Pringle alla se coucher ; il mit sa montre sous son oreiller, et celle-ci, au lieu de le fatiguer, résonna délicieusement à ses oreilles. Elle semblait dire sans cesse : — Dors en paix, dors en paix. Puis le murmure devint moins distinct; on eût dit le chant d'une fée ; enfin il cessa complétement. Pierre était endormi.

Quelques années se passèrent. Pringle tomba malade ; la douce Mary Wentworth ne quittait plus le chevet de son lit ; il mourut les mains dans celles de la jeune femme. A son dernier soupir, il lui donna sa montre, en lui disant qu'elle avait été la cause de leur union. Comment, elle ne le sut jamais ; mais la montre fut toujours chérie comme une relique sacrée.

Pringle avait laissé une pension à Marthe ; mais celle-ci déclara que c'était inutile. Personne ne comprit ce qu'elle voulait dire ; mais quelque temps après, elle mourut et fut enterrée à côté de son maître.

Parmi ses papiers, on trouva un journal où étaient écrits ces mots :

« J'ai donné mon consentement au ma-
« riage de Mary ; je sais maintenant ce
« qu'on entend par — UNE JOYEUSE
« NOEL. »

—

J'avais écouté M. Smithson avec une curiosité croissante. Pendant tout ce récit, son visage avait gardé l'expression sérieuse de la conviction. Il me montra, à l'une des extrémités de son musée vivant, la riante figure d'Agnès et les traits moroses de la vieille Marthe. Il m'expliqua comment la première, après avoir reçu de M. Jones tout un volume de poésies intitulées : *Espérances, Illusions, Rêves, Aspirations*, avait fini par les lui renvoyer, jointes à la lettre d'annonce de son mariage avec un officier de la marine royale.

Mais, pendant qu'il parlait, mes regards égarés sur ces fantômes, qui semblaient poser dans la galerie, s'arrêtèrent involontairement sur un homme en costume d'ouvrier, dont le visage douloureux et ravagé me serra le cœur.

M. Smithson s'en aperçut.

— Ah ! vous regardez ce pauvre Jésus? dit-il en secouant la tête; une lamentable destinée, monsieur ! — Et voyez, là, audessous , la belle Suzanne avec celui qu'elle a épousé; — puis, un peu à gauche, la famille Morton... — Le hasard à mêlé toutes ces existences dans le même drame.

— Et j'espère qu'il vous sera permis de me le faire connaître, comme celui de l'oncle Pringle? fis-je observer.

M. Smithson parut hésiter un instant.

— Oh! lui dis-je pour le déterminer, il doit vous arriver si rarement d'avoir à qui parler de ces vieux amis

— Je fais mieux, répondit-il ; c'est à eux que je parle; ils me comprennent, *eux,* me répondent à merveille, et jamais ils ne disent de sottises.

Ce mot *eux* et la finale de la phrase semblaient annoncer la reprise des hostilités entre mon hôte et moi; je crus que nous allions recommencer cette guerre de mots qu'il m'avait fallu soutenir avant de pénétrer dans le sanctuaire; mais, comme je m'en étais tiré avec honneur, cela ne m'arrêta point , et j'insistai avec chaleur. Enfin le solitaire se rendit.

— Soit, dit-il; encore celui-là; mais ce sera le dernier; — et quand vous serez de retour à Paris, vous prierez ceux qui vous ont envoyé de ne plus donner pour moi de lettres de recommandation.

Je m'inclinai en silence, ne voulant point engager de discussion nouvelle avec mon singulier hôte, et, après s'être recueilli un instant, il me fit le récit qui va suivre.

III

L'ouvrier de Birmingham.

Le soleil s'était levé sans nuage sur la bruyante ville de Birmingham ; mais il n'y avait à jouir de sa splendeur que les habitants du riche quartier des manufacturiers; partout ailleurs les rues encombrées, les cours, étroites et obscures, ne laissaient jamais parvenir les rayons vivifiants de l'été. La lourde vapeur du charbon de terre pesait sur les habitations comme un voile impossible à soulever, entre l'azur du ciel et les regards inquiets des tristes habitants de ces misérables demeures.

Sous ce voile impénétrable, l'œil voyait s'étendre la ligne non interrompue des manufactures, espèce de bagnes où une population tout entière s'agitait incessamment.

Dans une des impasses de Birmingham, devant une maison basse et déla-

Wilson, l'ouvrier de Birmingham.

brée, un homme, portant la veste des ouvriers, se tenait appuyé au mur, les bras croisés sur sa poitrine, et fumant une pipe qui s'éteignait. Il pouvait avoir de quarante à quarante-cinq ans ; c'était un homme robuste, à la figure intelligente et sombre, au regard impérieux et résolu. Après être resté quelques instants debout sur le seuil, il retira sa pipe de ses lèvres pâles et comprimées, en secoua tranquillement la cendre, puis, la remettant dans sa poche, il poussa la porte entr'ouverte et entra dans la maison.

— Est-ce vous, Wilson? demanda une voix tremblante et faible

— Oui, Jane, c'est moi, répondit le mari doucement ; avancez-vous dans votre ouvrage, pauvre femme?

L'ouvrière secoua la tête.

— Lentement, murmura-t-elle, lentement. Regardez, cher homme, toutes vos vestes sont bien usées, et pour que celle des dimanches puisse vous servir dans votre voyage, il m'a fallu la doubler avec ma robe de noces ; ça m'a été un grand crève-cœur, Wilson ; c'était comme notre dernier lambeau de bonheur qui me quittait.

Un soupir, qu'elle tenta vainement de

comprimer, s'échappa de son sein, et deux larmes qu'elle eût voulu retenir roulèrent sur ses joues creuses et décolorées.

Wilson s'avança rapidement vers elle; et, posant sa large main sur les épaules maigres et voûtées de la pauvre femme, il la regarda tendrement.

— Songez, Jane, que c'est pour aller chercher du pain à nos enfants et à nous-mêmes, fit-il observer.

— Oh! je le sais, répondit-elle vivement; aussi, n'ai-je rien épargné pour que vous puissiez vous présenter décemment devant les maîtres des manufactures; maintenant vous avez une veste, un gilet et un pantalon qu'on croirait tout neufs; je vais les mettre dans votre paquet; vous y trouverez aussi la moitié de notre Bible, c'est le seul livre qui nous reste; et quand j'ai vu que vous alliez nous quitter, je l'ai partagé afin que, pendant notre séparation, nous puissions, du moins, soir et matin, nous rencontrer de cœur en la lisant.

— C'est bien, Jane, c'est bien; merci, et que Dieu vous bénisse, répondit son mari. Maintenant je vais manger; dans une heure je pars, et il faut que tout soit prêt; hâtez-vous.

En disant ces mots, Wilson s'était avancé vers une table sur laquelle étaient posés une cruche d'ale, un morceau de pain et un reste de lard.

Il se mit à manger silencieusement et en regardant Jane, qui, accroupie au milieu de la chambre, empaquetait son misérable trousseau. La pièce était sombre et dénuée des ustensiles même les plus nécessaires. Plusieurs vitres cassées avaient été remplacées par des morceaux de journaux ou des débris de bois, ce qui augmentait l'obscurité. L'âtre était vide, le lit sans rideaux et garni d'un seul matelas; une casserole et une théière étaient suspendues de chaque côté de la cheminée.

Wilson, qui avait promené lentement ses regards autour de lui, se leva brusquement et quitta la table.

— Où donc est Suzanne, demanda-t-il rudement, et que pense l'enfant de ne point venir aider sa mère et dire adieu à son père?

— Suzanne dort, répondit Jane; elle s'est couchée tard; elle a travaillé bien avant dans la nuit avec moi.

Wilson fronça le sourcil,

— Sur mon âme, dit-il, elle oublie qu'elle est fille d'ouvrier, et que si je n'ai pas voulu l'envoyer comme les autres enfants de son âge dans les manufactures, ce n'était pas pour encourager sa paresse. Elle dort, dites-vous, eh bien, je vais la réveiller, moi.

Jems s'était avancé rapidement vers le fond de la chambre, mais la porte s'ouvrit brusquement, et sa main, levée pour tirer le loquet, vint tomber dans la chevelure brune et bouclée d'une jeune fille d'environ dix-neuf ans.

— Bonjour, père, murmura la voix fraîche et vibrante de l'enfant.

La figure mécontente de Wilson s'adoucit subitement; il la regarda une seconde, et détournant la tête :

— Aidez votre mère, dit-il, presque tendrement.

Il y avait effectivement, dans l'aspect de Suzanne, quelque chose qui semblait destiné à désarmer la colère et à arrêter le ressentiment. A la voir on devinait qu'elle était le rayon de cet obscur logis, le luxe de cette misérable demeure. Arrivée à cet âge où l'enfant se fait jeune fille, on eût dit qu'elle voulait conserver toutes les grâces de l'adolescence en revêtant toutes celles de la jeunesse. Mince et d'une taille moyenne, elle avait dans l'ensemble de sa personne quelque chose de si harmonieux et de si suave, que, sans avoir été d'abord frappé de sa beauté, on la sentait peu à peu vous émouvoir et vous troubler.

Jems s'était remis à table, et son regard suivait avec un orgueil involontaire tous les mouvements de la jeune fille. C'est qu'il aimait Suzanne, non-seulement parce qu'elle faisait son bonheur, mais aussi parce qu'elle faisait sa gloire. Il n'avait point voulu l'envoyer aux manufactures, quelle qu'eût été sa misère ; il avait travaillé de toute la force de ses deux bras robustes pour la nourrir ; il avait partagé avec elle ce qu'il gagnait, la regardant grandir et remerciant Dieu de la lui avoir donnée si belle; puis quand le travail lui avait manqué, il avait mis sur les lèvres de Suzanne ce qui lui restait de pain, et l'avait regardée manger en disant à sa faim de se taire.

Wilson avait une nature ambitieuse et sauvage, qui ne s'était adoucie que pour les affections du foyer. Si, dans les manufactures, il était connu comme le plus indisciplinable et le plus rebelle des ouvriers, dans son intérieur on n'avait jamais entendu une plainte contre lui. Marié depuis vingt ans à Jane, il en avait été le compagnon fidèle et dévoué, l'associant à sa vie, la soignant sans relâche dans ses longs jours de maladie.

Ces vingt années n'avaient eu pour lui que de rares éclairs de bonheur. Jane était plus résignée; mais cette résignation même augmentait l'irritation de Jems. Sa femme, dans son cœur, avait toujours tenu la première place, et ce qu'il la voyait subir de souffrance et de misère s'amassait silencieusement au fond de son âme, et hors de chez lui éclatait en cris de haine.

Habile à troubler les cœurs, à réveiller sous sa parole émouvante les ressentiments endormis, il avait excité plus d'une fois, dans les ateliers de M. Morton, des résistances dangereuses. Cependant on hésita longtemps à le chasser; son habileté le rendait nécessaire; mais le jour où l'on rencontra un contre-maître qui pût le remplacer, il fut congédié et se trouva sans ressources.

Wilson se présenta alors dans plusieurs autres manufactures de Birmingham ; mais on connaissait son nom, et partout on refusa ses services. Ainsi, contraint de chercher ailleurs, il allait partir ; et c'est à ce moment que nous prenons le récit de notre histoire.

De dures épreuves, et aussi ses dispositions naturelles avaient fait de Wilson un homme violent et vindicatif; mais, habitué à cacher ses ressentiments, il avait les endormir au fond de son cœur, pour ne les réveiller qu'à l'heure où la vengeance était possible. Ayant subi, et ayant vu subir à ceux qu'il aimait le plus, toutes les tortures de la misère, il avait senti s'éveiller en lui toutes les soifs du bien-être, et tous les rêves de l'envie.

Il avait le sentiment de sa force, de son courage, de son intelligence, et il se demandait avec amertume pourquoi, avec ces éléments de prospérité, il se trouvait condamné à demeurer au dernier degré de l'échelle sociale, alors qu'il voyait autour de lui tant d'incapacités opulentes.

Après avoir achevé son morceau de pain, Jems se leva, retira soigneusement du gousset de son gilet quelques pièces d'argent enveloppées dans une toile déchirée, et les étala lentement sur la table Il les compta, puis un sourire amer crispa ses lèvres pâles.

— Douze schillings, Jane, dit-il, douze schillings pour vivre jusqu'à ce que j'aie trouvé de l'ouvrage ! Que Dieu vous envoie du courage, pauvre femme, pour supporter la misère, et la fièvre aux enfants pour ne pas sentir leur faim.

— Ne craignez rien, père Wilson, dit derrière l'ouvrier une voix jeune et mâle, tant que j'aurai du travail, le pain ne manquera pas ici.

— Jack, s'écria Jems, en tendant la

main au jeune homme qui était entré ; vous veniez prendre congé de moi, garçon, c'est bien ; vous arrivez à temps.

— Je venais vous dire d'être sans inquiétude sur votre famille, et de prendre patience et courage !

— Patience et courage, répéta Wilson ironiquement ; ah ! pour cela, il faudrait avoir de l'espoir, et moi je n'en ai plus ! Autrefois, Jack, à défaut d'une plus riche offrande, l'ouvrier de Birmingham pouvait proposer au fils de son ami de trinquer avec lui au bonheur des familles ; maintenant, regardez, continua-t-il en renversant le pot d'ale sur la table, la cruche est vide avant que le maître y ait trempé ses lèvres.

Jane secoua la tête.

— Prenez garde, Jems, murmura-t-elle ; j'ai toujours peur que vos reproches irritent Dieu ! Si tout le monde tâchait de se taire sur ses souffrances, chacun les sentirait moins · vous vous êtes plaint de ce qui vous manquait, cher homme, et vous avez oublié de remercier Jack des bonnes paroles qu'il a prononcées.

Wilson se détourna.

— Ah ! qu'il ne pense pas que je lui en sois moins reconnaissant, dit-il vivement ; mais voyez-vous, garçon, l'ouvrier ne peut rien promettre, il vit de son travail, et l'ouvrage même est l'aumône des maîtres ; M. Morton ne vous l'a-t-il point appris ?

— Non, répondit le jeune homme, ce n'est point une aumône, mais un privilége, et je saurai me le conserver par ma conduite. Du reste, vous pouvez emporter vos schillings, Jems ; grâce au pistolet perfectionné que je viens de découvrir, et que mon maître a promis de m'acheter, vos enfants ne manqueront de rien ; vous-même pourrez juger de l'arme, Wilson, je vous l'apporte.

Et le jeune homme déposa le pistolet sur la table.

Jems le prit et l'examina avec distraction.

— Merci, Jack, merci, dit-il d'une voix qui tremblait légèrement ; j'ai confiance en vous ; mais maintenant voilà l'heure, il faut que je parte.

— Je vais réveiller les petits pour qu'ils vous disent adieu, alors, s'écria Jane.

Elle se leva.

— Non, non, murmura son mari qui l'arrêta vivement ; laissez-les dormir aussi tard que possible, pendant leur sommeil, au moins, ils ne sentent pas ce qui leur manque : je vais les embrasser, mais ne les réveillez pas.

En prononçant ces mots, Jems s'était avancé vers un berceau vermoulu où deux jumeaux pâles et amaigris reposaient, les bras enlacés. Il se courba, les baisa légèrement, ramena sur leurs jambes nues l'étroite et légère couverture qui les enveloppait à moitié ; pressa encore ses lèvres contre les petites mains froides qui pendaient hors du lit, se redressa brusquement et s'avança vers Suzanne.

— Au revoir, enfant, dit-il d'une voix brève ; au revoir, travaillez pour vos petits frères, que je les retrouve tous les deux en revenant.

Puis il pressa silencieusement Jane contre sa poitrine, et quitta sa demeure avec Jack.

A peine Wilson était-il sorti de la maison que Suzanne regagna silencieusement la petite chambre où elle couchait.

C'était une pièce étroite et basse, mais que la misère semblait avoir respectée plus que le reste du logis. Là, quelques pots de réséda embaumaient l'air de leur suave odeur ; le lit de la jeune fille était à demi caché sous des rideaux blancs, et la petite malle, posée sous l'embrasure de la fenêtre, contenait une garde-robe plus élégante qu'on n'eût pu le supposer.

Suzanne s'assit; sa jolie tête se pencha sur sa poitrine, et, sous le poids de tristes pensées, elle demeura quelques instants immobile et muette; mais le nuage qui assombrissait sa jeune âme se dissipa peu à peu; sa tête se releva; ses traits reprirent leur sérénité. Elle se leva, et alla ouvrir la petite malle.

Après avoir préparé un chapeau de paille blanche et un châle de mousseline bleue, Suzanne s'avança vers une petite glace suspendue à la paroi, et se mit à relisser ses cheveux épars. Le miroir lui renvoyait sa douce image, et elle se pencha avec un sourire à demi comprimé.

En effet, comment la jeune fille, en regardant ces lèvres dont le corail contrastait avec la blancheur transparente du visage, ces yeux d'un vert limpide, ombragés de leurs cils obscurs, ces cheveux soyeux et couleur d'ambre bruni, retombant en boucles pesantes sur son cou moulé comme celui d'un marbre de Phidias; comment eût-elle pu ne pas se dire qu'elle était belle? Comment la jeune ouvrière, en sentant sur ses yeux baissés les regards admirateurs et ardents des jeunes gentilshommes, en entendant murmurer à son oreille des aveux flatteurs, eût-elle pu résister à la conviction de son charme enivrant?

Cependant elle avait lutté longtemps : obligée de traverser la ville, deux fois par jour, pour se rendre à l'atelier de couture dans lequel elle travaillait, d'abord, elle avait baissé son voile, pressant le pas lorsqu'un mot murmuré à côté d'elle l'avertissait qu'elle avait été observée.

Mais peu à peu elle remarqua que parmi ses admirateurs inconnus, il en était un qui, sans jamais lui parler, la regardait plus longuement et plus doucement que les autres, et qui chaque soir revenait à l'endroit où il savait la rencontrer. Sa muette persévérance flatta Suzanne, et la troubla : son œil, qui s'était d'abord baissé sous le regard pénétrant de l'étranger, finit par se soulever chaque soir, pour voir s'il était encore là; son pas, qu'elle avait d'abord pressé en apercevant le jeune homme, se ralentit insensiblement, lorsqu'il effleurait sa robe en passant.

Et plus le danger devenait imminent, moins la pauvre enfant semblait le redouter.

Enfin un jour, sortie plus tard que de coutume de chez sa maîtresse, lorsque l'inconnu se rapprocha d'elle et murmura d'une voix basse et émue qu'il la trouvait belle, Suzanne fut étonnée de se sentir au fond du cœur plus d'émotion que de colère.

Depuis ce moment, elle se vit entourée de prévenances secrètes. Un matin elle trouva sur sa fenêtre, sans savoir quelle main l'y avait déposé, un camélia en fleurs! Épouvantée cette fois, la jeune fille prit une autre route pour se rendre à l'atelier; huit jours de suite elle évita le chemin accoutumé. Mais au bout de la semaine, pensant qu'on avait dû l'oublier, elle reprit la même rue. Lorsqu'elle y vit le jeune homme à sa place habituelle, la regardant plus tristement qu'autrefois, la fille de Wilson s'arrêta éperdue : elle voulut s'enfuir; mais un bras enveloppa doucement sa taille, un regard ardent plongea dans son œil obscurci, et une voix tremblante murmura :

—Pourquoi m'évitez-vous?

Et Suzanne n'eut que la force de laisser tomber sa tête dans ses deux mains et de pleurer.

Cette fois cependant l'ouvrière avait senti sous l'étreinte du jeune homme un tressaillement d'indignation, et lorsqu'elle le quitta ce fut avec la résolution d'avertir sa mère des poursuites de l'inconnu. Mais quand elle rentra, Jack

Smith était avec son père ; elle fut obligée de se taire jusqu'au lendemain, et le lendemain en se levant, elle trouva attachée au camélia une lettre de l'étranger.

La jeune fille la parcourut rapidement : elle contenait des protestations d'amour, des promesses pour l'avenir ! Suzanne se dit qu'elle ne voulait point y croire ; elle marcha résolûment vers la chambre de sa mère, pour lui montrer le billet avant même d'avoir achevé de le lire ; mais son regard tomba par hasard sur la signature. Les couleurs qui avaient un instant animé sa tête pâle s'effacèrent subitement ; sa main, hardiment posée sur la clef de la porte, l'abandonna en tremblant, et la lettre disparut sous sa guimpe.

Elle venait de lire au bas du papier qu'elle tenait le nom d'Edward Morton !

Ainsi l'étranger qui la poursuivait était le fils de celui qui tenait entre ses mains toutes les destinées de sa famille, le fils du chef de la manufacture où travaillait Jems. Et Wilson allait peut-être être chassé de l'usine, et la misère, la misère horrible comme Suzanne l'avait connue, allait sans doute frapper l'intérieur de l'ouvrier .. Et, elle, elle pouvait l'empêcher, elle pouvait écarter du foyer de son père la faim et le froid ! La jeune fille refoula dans son cœur le secret prêt à s'en échapper ; elle se tut, et revit Morton.

C'était un pas décisif vers l'abîme où la poussait la fatalité : le chemin pouvait être long encore ; mais l'impulsion était désormais irrésistible.

Edward Morton était un des élégants de Birmingham. Mêlé aux cercles les plus riches, toujours présent aux fêtes les plus splendides, jamais il ne s'était occupé d'aucune affaire sérieuse, et il avait acquis, à juste titre, la réputation *d'homme séduisant.* Nul ne savait mieux que lui s'insinuer lentement dans un cœur, le troubler, puis se l'acquérir. Du reste la passion qu'il éprouvait pour Suzanne Wilson était la plus sérieuse qu'il

eût encore ressentie ; il s'y était attaché avec une persévérance infatigable : la beauté de la jeune fille, sa résistance, son émotion sincère à l'aveu d'un amour qu'elle ne soupçonnait pas, tout avait jeté dans l'âme du jeune homme un trouble inconnu. Pour Suzanne il avait quitté les réunions les plus brillantes : pour un mot d'elle il eût passé dix nuits entières à épier son passage.

La fille de Wilson avait d'abord vu Edward seulement, croyait-elle, pour obtenir de lui que son père ne fût point chassé ; mais peu à peu séduite et charmée par le jeune homme, elle oublia les promesses qu'il lui avait faites, pour ne songer qu'à l'amour qu'il lui avait voué ; et quand son père fut renvoyé des ateliers de M. Morton, la jeune fille rêva au jour où, épouse d'Edward, elle pourrait appeler Wilson à partager le bien-être dont elle serait entourée.

Elle continua donc à le voir. Chaque soir, en achevant sa journée de travail, elle trouvait le jeune homme qui l'attendait, et ils faisaient ensemble la route qui conduisait au logis de Jems.

Que de rêves de bonheur succédaient à ces longues promenades ! et comme la pauvre Suzanne s'enivrait de doux souvenirs et d'espérances plus douces encore ! Être aimée ainsi lui semblait le bonheur suprême ; que serait-ce donc quand ce bonheur s'étendrait sur tout ce qui lui était cher ?

Or, le bonheur irréalisable qu'elle poursuivait dans un avenir impossible, il était sous sa main. Bien des fois, elle avait vu s'asseoir au foyer de son père un jeune homme dont l'œil distrait la suivait sans cesse, et qui, pour la joie que lui procurait un des regards de la jeune fille, eût donné toute une vie d'opulence. Bien des fois, lorsque sa mère était malade ou que ses petits frères tremblaient sous leurs vêtements en haillons, elle avait vu la main de Jack Smith glisser un pain dans l'armoire sans provisions, ou allumer un fagot dans l'âtre vide ; et le regard du jeune ouvrier avait brillé d'une larme de reconnaissance et de joie quand, touchée de tant de dévoûment, Suzanne l'avait remercié.

Mais ces paroles de remercîment manquaient de chaleur ; la voix qui les faisait entendre manquait d'émotion, et si Jack n'eût eu le cœur plein d'un sentiment bien autrement ardent que la bienfaisance, il eût aisément senti qu'il ne devait les paroles de Suzanne qu'à une froide bienséance. Et, cependant, combien était généreuse et touchante cette conduite du jeune homme !

Car ces présents de Jack n'étaient point la facile aumône que l'on détourne de son superflu : c'était avec le bois destiné à son propre foyer qu'il séchait les vêtements humides de Suzanne ; c'était avec le pain dérobé à sa faim qu'il nourrissait les enfants de Wilson.

Mais la jeune fille, absorbée par l'amour d'Edward, ne songeait même pas à celui de Jack ; et quand ses parents le lui firent remarquer, quand ils lui firent entrevoir la possibilité d'un mariage, son indifférence à l'égard de l'ouvrier se changea vite en froideur. Elle ne pouvait le voir sans impatience, assis, muet et triste dans la chambre de sa mère ; elle ne pouvait rencontrer sans un trouble irrité le regard humide du jeune homme. Toujours elle l'évitait, cherchant ainsi à lui faire comprendre qu'elle ne pourrait jamais ni partager, ni accepter son amour.

Mais le jeune ouvrier était trop profondément épris pour attribuer cette froideur apparente au sentiment qu'elle exprimait ; la pensée n'eût pu venir à cette âme honnête, à ce cœur généreux, que Suzanne nourrît un amour si ardent, si ambitieux, si près de devenir coupable.

Le jour du départ de son père, la jeune fille se rendit comme de coutume à son atelier de couture, et comme de coutume lorsqu'elle en sortit le soir, au lieu de suivre ses compagnes, elle se glissa dans le petit jardin dont la porte donnait sur une rue détournée, et une main étendue pour saisir la sienne l'avertit qu'Edward était encore là.

Morton revenait d'une promenade à cheval faite avec ses sœurs ; son costume était d'une élégance inaccoutumée. Demi-cavalier et demi-bourgeois, il semblait destiné à faire ressortir la souplesse gracieuse de sa taille. Il proposa à Suzanne, au lieu de la ramener tout de suite chez sa mère, de faire ensemble une promenade dans les prairies qui environnaient la ville ; les jours étaient encore longs, disait-il, et elle pourrait être de retour avant la nuit close. Suzanne accepta, d'autant plus facilement qu'elle voulait parler au jeune homme d'une résolution prise depuis la veille.

C'est qu'en réalité la pauvre enfant n'avait été séduite que par les dehors brillants d'Edward, et par la perspective du bonheur de ses parents, maintenant si malheureux. L'amour, si elle en ressentait pour cet élégant jeune homme, dont la condition était si différente de la sienne, était la plus faible partie des sentiments qu'il lui inspirait, et il n'avait pu l'empêcher de revenir sur cette pensée, d'abord aisément écartée de son esprit, que Morton tardait bien à accomplir ses promesses, alors que chaque jour voyait s'augmenter les privations et les souffrances de son père, si énergique et si dévoué ; de sa mère, si tendre, si résignée ; de ses pauvres petits frères, qui, à peine nés, s'étiolaient sous le souffle glacé de la misère, et elle s'était dit que cette situation ne devait pas se prolonger.

Ils marchèrent longtemps l'un près de l'autre et en silence. Le soleil disparaissait lentement derrière les coteaux verts voisins de Birmingham ; quelques oiseaux attardés traversaient rapidement l'azur

Edward Morton.

transparent du ciel, et regagnaient en chantant leur asile aérien.

Suzanne, la main appuyée sur le bras de Morton, écoutait et regardait : son âme était troublée d'une émotion inexplicable, et son cœur était serré sous l'étreinte d'une tristesse invincible. — Et pourquoi cette tristesse? n'entendait-elle pas battre sous sa main le cœur de celui qui tant de fois lui avait fait des protestations d'amour? ne sentait-elle pas le regard de Morton passer sur son visage comme une caresse? Sans doute ; mais Suzanne se rappelait qu'enfant elle était venue avec son père et sa mère là où elle se trouvait maintenant avec Édouard ; elle se souvenait que Wilson l'avait soutenue dans ses bras, et que Jems, lui montrant le soleil qui s'inclinait resplendissant derrière la cime des hêtres, lui avait parlé de Dieu, de son Sauveur; et le passé lui apparaissait comme un reproche tacite du présent!

A cette pensée, la jeune fille dégagea involontairement son bras de celui de Morton. Edward se détourna et reprit vivement entre les siennes les deux mains de l'ouvrière.

Le trouble de Suzanne augmentait à

Suzanne Wilson.

chaque instant; il semblait qu'elle sentît instinctivement qu'un danger la menaçait; elle tenta de dégager ses mains; mais Edward les retint.

— A quoi donc penses-tu aujourd'hui, Suzanne? demanda-t-il gaîment? on dirait que tu as peur et que tu m'aimes moins.

Suzanne détourna la tête en rougissant.

— Pardon, mylord.

— Mylord! s'écrie Morton etonné; mais qu'as-tu donc, Suzanne? Comment appeler mylord celui...

— Qui doit être mon mari: oh! je le sais, interrompit la jeune fille, je n'ai point oublié vos promesses, Edward; mais je tremble sans cesse qu'on ne vienne à surprendre vos poursuites.

— Et maintenant, tu voudrais reculer? demanda le jeune homme vivement.

— Reculer, répéta Suzanne avec étonnement; moi, reculer? n'ai-je point promis d'être à vous?

— Oui, à moi! s'écria le jeune homme, la rapprochant de lui avec passion.

— N'avez-vous pas juré que je serais votre femme? continua-t-elle.

— Il est vrai, balbutia Morton.

— Alors, comment pourrais-je reculer ? murmura la jeune fille tendrement. Mais voyez, Edward : pendant l'absence de mon père, je crois, je pense, enfin je sens que nous ne devons plus nous rencontrer.

— Ne plus nous rencontrer, ma bien-aimée ! s'écria le jeune homme impétueusement ; quelle folle pensée ! Mais ne sais-tu pas que je ne vis que pendant les heures que je passe près de toi ? Non, non, Suzanne, je veux te voir, sans cesse et librement : n'as-tu pas dit que tu étais à moi ?

— J'ai promis d'être à vous, Edward, et le jour de notre union sera le plus beau de ma vie ; mais ne dois-je pas songer à ma réputation, qui est le seul bien que je puisse vous apporter ?

Morton semblait ne plus l'entendre ; son exaltation allait croissant, et il répétait d'une voix fébrile :

— A moi !..... oh ! oui, à moi ! Plutôt mourir que de renoncer à ce bonheur.

— Mais, Edward, murmura la jeune fille effrayée de sa passion, et blessée d'une résistance à laquelle elle ne s'attendait pas, ne comprenez-vous pas que vos poursuites me compromettent et que si elles étaient remarquées...

— Elles ne le seront pas, répondit Morton rapidement.

Et un bras passé autour de la taille de Suzanne, ses lèvres effleurant sa chevelure bouclée, il entraînait la jeune fille tremblante et épouvantée. La nuit avait gagné ; les dernières maisons des faubourgs de Birmingham étaient déjà loin derrière eux ; la lune brillait dans le bleu obscur et profond du ciel, et son disque lumineux jetait sur le sombre feuillage des hêtres ses lueurs vacillantes et argentées.

— Oh ! la nuit et le silence me font peur, murmura-t-elle d'un accent étouffé.

Il la pressa contre sa poitrine.

— Oh ! je veux retourner chez ma mère, s'écria la jeune fille se dégageant des bras de Morton.

— Reste, reste, répéta Edward, étendant les mains dans l'obscurité pour la retenir.

— Laissez-moi, mylord, balbutia l'ouvrière éperdue. Taisez-vous, je ne veux pas entendre votre voix. Par pitié, ah ! laissez-moi retourner vers ma mère.

— Sur votre vie, mylord, lâchez cette enfant, dit à côté de Morton une voix calme et forte.

— Jack ! s'écria Suzanne.

Mais son cri vint aussitôt s'éteindre dans ses deux mains pressées contre ses lèvres. Repliée sur elle-même, elle s'efforçait de cacher son visage à l'ami de son père, lorsqu'un rayon de la lune vint l'éclairer tout entière ; Jack la reconnut. Un instant, il lui sembla que tout allait se briser en lui ; sa tête pâle retomba sur sa poitrine soulevée de désespoir, et en une seconde il connut toutes les tortures de la mort. Ce fut la voix d'Edward qui le rappela au sentiment de l'existence.

— De quel droit, demandait-il, êtes-vous venu vous interposer entre cette jeune fille et moi ? De quel droit ?...

Smith releva sa tête maintenant résignée.

— Du droit qu'a le frère de protéger sa sœur, dit-il d'une voix ferme.

— Reste à savoir si je reconnais ce titre, s'écria Morton impétueusement. Place ! cette jeune fille est à moi !

A ces derniers mots, la résignation de Jack fit place à la colère :

— A vous ! dit-il d'une voix qui sifflait entre ses dents serrées ; oh ! vous mentez ! vous mentez, mylord !

— A moi, à moi, te dis-je !

— Essayez donc de l'approcher, répondit Jack qui se plaça résolûment près de Suzanne.

— Et toi, essaie donc de la défendre ?

Et la cravache du jeune lord se leva sur les épaules de l'ouvrier. Mais avant qu'elle les eût effleurées, Smith l'arracha des mains de son possesseur, et Morton sentit sa joue rougir sous le coup de Jack, qui, broyant la cravache sous sa main robuste, en jeta les débris à la poitrine d'Edward.

Morton voulut se précipiter sur le défenseur de Suzanne. Mais leurs cris venaient d'être entendus par une ronde de police qui débouchait d'un des faubourgs : les jeunes gens furent séparés de vive force, et, après avoir pris connaissance de la querelle et du nom des adversaires, l'homme qui la commandait déclara que la fille n'avait qu'à suivre celui qu'elle choisirait.

— Emmenez-moi près de ma mère, Jack, balbutia-t-elle d'une voix brisée. Et tous deux prirent le chemin du quartier qu'habitait Wilson.

La route était longue, et Smith marchait sombre et muet à côté de la jeune fille ; mais si Suzanne eût osé lever la tête, elle eût vu des larmes glisser sous la paupière du jeune homme. Car il pensait à toutes ses joies détruites, à tout son avenir maintenant vide et sans rayons. Il regardait le ciel vaste et désert, et se disait que là l'étoile du bonheur ne se lèverait jamais pour lui. Et c'était Morton qui avait ainsi brisé toute sa vie ! Lui beau, opulent et vanté ; lui qui pouvait cueillir toutes les brillantes fleurs des salons, il était allé chercher la fleur modeste que Dieu lui avait destinée !

Puis, ramené de la pensée de son désespoir au souvenir de sa jeune compagne, sa colère se fondit en attendrissement ; sa main pressée contre sa poitrine, et qui en meurtrissait les chairs, retomba doucement à ses côtés ; son regard voilé de larmes se souleva sur l'amie de son enfance, et sa voix émue balbutia :

— Vous l'aimiez donc bien, Suzanne ?

— Il avait juré de m'épouser, murmura-t-elle.

— Et maintenant, demanda le jeune homme haletant, vous l'aimez bien encore ?

— J'ai promis d'être sa femme, Jack, dit-elle avec une douce solennité.

— Sa femme ! Ah ! pauvre Suzanne !... Lâche et misérable séducteur !

— Ne l'accusez pas, Jack ; c'est un cœur ardent, généreux.

— Vous le défendez..... pauvre victime !

Et tous les deux marchèrent en silence. Suzanne s'arrêta la première, pâle et agitée :

— Jack, Jack, dit-elle, promettez-moi de ne jamais parler de cette soirée.

Lui, en parler ! Comme si la réputation de Suzanne n'était pas le seul bien qui lui restât, son dernier débris d'amour ; lui, en parler ! ah ! elle le connaissait donc bien peu.

Il étendit la main vers le front de la jeune fille, comme un père qui va quitter son enfant.

— Soyez sans inquiétude, Suzanne, dit-il d'un accent vague et grave ; je me tairai, je resterai près de vous pour vous protéger, je forcerai cet homme à tenir la promesse qu'il vous a faite, vous tâcherez d'être heureuse, et alors...

—Et alors? répéta timidement Suzanne en soulevant la tête.

— Alors je partirai, murmura l'ouvrier.

— Jack ! s'écria la fille de Wilson, qui saisit les mains de l'ami de son père.

Mais Smith se raidit et refoula au fond de son cœur toutes ses larmes, dégagea ses mains de celles de la jeune fille, et lui montrant la maison :

—Nous voici chez votre mère, dit-il simplement.

Et en se découvrant :

— Miss Suzanne, je vous salue.

IV.

Quand Suzanne rentra chez sa mère, Jane était assise devant l'âtre, soufflant avec effort quelques charbons presque consumés que la cendre recouvrait à moitié. En entendant la porte s'ouvrir, elle se leva vivement.

— Miséricorde ! Suzanne, dit-elle, j'étais inquiète de vous.

— Jack m'a ramenée , murmura la jeune fille troublée.

— Comme vous tremblez, s'écria sa mère en la débarrassant de son chapeau ; je n'aurais jamais cru qu'il fît si froid dehors. Approchez-vous, petite, pour prendre un air de feu avant que les tisons soient éteints ; heureusement que l'eau va bouillir, et vous aurez de bon thé : ça vous réchauffera.

Suzanne obéit silencieusement à sa mère, et s'assit près de la cheminée, tandis que Jane versait l'eau dans la bouilloire.

La bonne et douce femme était bien loin de soupçonner la cause du retard de sa fille. Dans sa sollicitude maternelle, elle l'attribuait à un travail trop prolongé, et, craignant que la santé de sa chère enfant n'en fût altérée , elle songeait à empêcher que cela ne se renouvelât.

—Il faudra que je dise à votre maîtresse de ne plus vous renvoyer si tard, petite, dit-elle : je n'aime pas à voir les filles courir la nuit par la ville. Puis, cela fatigue les yeux de travailler à la lumière. Nous n'allumerons pas la chandelle ce soir, hein, Suzanne ; c'est que, voyez-vous, c'est une dépense ; et puis on peut bien se donner quelquefois la douceur de se reposer. Je parie que vous êtes encore restée assise toute la journée ?

Suzanne ne répondit pas : sa pensée n'était point avec sa mère ; elle songeait à Jack qui s'en retournait seul et désolé, et par instant une larme longtemps contenue sous sa paupière glissait sur sa joue brûlante.

Jane crut que sa fille était préoccupée, et ne redemanda pas la réponse que Suzanne avait oublié de faire ; elle s'assit doucement de l'autre côté du feu et se tut.

Une heure se passa ainsi sans qu'une parole fût échangée. Enfin Suzanne se leva, prit sur la table la moitié de la Bible, et revint s'agenouiller devant sa mère, comme elle le faisait chaque soir ; et, se baissant pour éclairer l'Évangile de la lueur mourante des tisons, elle lut à haute voix un chapitre du saint livre. Puis, le refermant, elle resta encore inclinée, murmurant les prières accoutumées.

Sa mère se pencha vers elle :

— Vous priez pour votre père, n'est-ce pas ? dit-elle.

— Oui, oui, répondit la jeune fille

Mais elle avait achevé son invocation habituelle en disant :

— Seigneur, consolez Jack !

Le lendemain en sortant de sa chambre, Suzanne trouva Jane qui, penchée sur le lit des jumeaux, les examinait avec anxiété.

— Qu'y a-t-il, mère ? demanda la jeune fille en s'approchant du berceau.

Jane leva la tête. Elle était pâle, et ses yeux étaient humides.

— Ils ont mal dormi toute la nuit, dit-elle d'une voix basse et sourde ; regardez comme leurs figures sont rouges ce matin, Suzanne ! S'ils allaient avoir la mauvaise fièvre ! On a dit qu'elle courait dans le quartier ; je n'ai pas voulu y croire, et maintenant je vois que c'était par peur qu'elle n'atteignît les petits !

Et Jane se cacha la tête en sanglotant.

C'était un spectacle navrant, dans cette demeure nue, froide, désolée, que celui de cette mère fondant en larmes entre sa fille, pâle, tremblante, se soutenant à peine, et le berceau de ses fils sur lesquels s'avançait la main impitoyable de la mort.

Enfin Suzanne s'approcha du berceau, regarda silencieusement ses frères ; puis, se tournant vers sa mère :

— Je n'irai point à l'atelier aujourd'hui, dit-elle ; je resterai pour vous aider si je le puis.

Jane accepta, et Suzanne ne sortit pas.

Les jours suivants ses petits frères allaient plus mal ; et elle resta encore. Maintenant elle avait peur de rencontrer Edward ; elle s'habituait à ne plus le voir. Et elle qui croyait tant l'aimer, elle était étonnée de ne pas sentir plus de regret au fond de son cœur. Par instant, en se rappelant la soirée où Edward avait voulu la retenir de force, elle se disait qu'il l'avait trompée, et qu'elle ne voulait plus penser à lui ; mais ce qu'elle désirait par-dessus tout, c'était de revoir Jack ! Et pourtant, quand au bout de quelques jours Jack vint, elle fut si troublée de sa présence qu'elle sentit les larmes la gagner.

Smith était triste et pâle ; mais il lui parla avec la même tendresse respectueuse. La jeune fille tremblait sous chacun de ses regards et à chacune de ses paroles, dont l'émotion était si voilée que Suzanne seule la devinait.

Il s'était assis devant la cheminée auprès de Suzanne ; quand Jane sortit pour aller chercher un peu de bois, il leva la tête et la regarda.

— Miss Suzanne ? dit-il.

— Que me voulez-vous ? demanda la jeune fille sans oser détourner la tête.

— Je voudrais d'abord que mes paroles ne vous inspirassent point de crainte, miss ; car Dieu m'est témoin que j'aimerais mieux mourir que de vous affliger.

— Oh ! ce n'est pas vous qui m'affligez, Jack.

— Veuillez donc m'écouter.

— Je vous écoute.

Jack hésita un instant ; car les quelques paroles qu'il allait échanger avec Suzanne devaient décider de son sort. On eût dit qu'il se sentit suspendu entre les joies du ciel et les tourments de l'enfer, et que ces paroles dussent rompre le charme qui le tenait ainsi entre la vie des élus et celle des réprouvés. Enfin, il fit un effort et dit :

— J'espère pouvoir parler à M. Morton demain.

— Eh bien ? balbutia Suzanne.

— Je voulais vous voir avant lui, continua Smith, pour savoir si vous étiez toujours dans les mêmes dispositions.

Elle ne répondit pas. Il prit son silence pour une affirmation, et soupira.

— Alors, je ne vous reverrai plus, murmura-t-il.

— Est-ce possible ! s'écria la jeune fille en se redressant.

Jack essuya son front ruisselant de sueur, puis il laissa tomber ces mots fondus dans un soupir à demi étouffé :

— Il le faut.

— Oh ! Jack... mon Dieu !

Après un nouveau silence Smith reprit :

— Je vais ce soir au village pour dire adieu au cousin William ; c'est le dernier de la famille ; il faut que je le voie encore une fois avant de partir. Je reviendrai demain, et je ferai jurer à M. Morton de tenir son engagement ; c'est un homme d'honneur, et j'aurai foi en sa parole. Ensuite, je gagnerai Liverpool, où je dois m'embarquer pour l'Amérique.

— Pour l'Amérique, vous ! murmura l'ouvrière.

— Écoutez tout ce que j'ai à vous dire, miss Suzanne : le temps presse ; il faut que je me hâte, j'ai plusieurs demandes à vous faire.

La jeune fille leva sur lui son regard voilé de larmes. Il se rapprocha d'elle, et se mit à parler d'une voix basse et douce :

— Vous rappelez - vous, Suzanne, que quand nos mères étaient jeunes, et que nous étions enfants, nous jouions ensemble à leurs pieds, et que lorsqu'elles se baissaient pour nous regarder, bien souvent elles nous confondaient dans un même baiser ? J'ai grandi près de vous, comme le frère près de sa sœur, et maintenant que je vais partir, maintenant que je vais vous quitter pour toujours, je voudrais vous laisser un souvenir.

— Un souvenir ! répéta Suzanne suffoquée de larmes.

— Oui, continua Smith, quelque chose qui vous parlât de moi, quand je n'y serai plus ; quelque chose qui vous dît que nous avons été élevés ensemble, et qu'avant votre naissance nos parents s'aimaient déjà. Je ne veux rien emporter en Amérique, je ne veux avec moi rien qui me rappelle le passé. Mais quand les voisins ne me verront plus revenir, ils feront ouvrir ma porte par la justice et on enlèvera tout ce qui m'a appartenu, comme le bien d'un mort qui ne laisse pas d'amis pour hériter de lui. Peu m'importe, je ne tiens à rien ; mais il y a deux choses que je voudrais ne pas savoir entre des mains étrangères, c'est la montre que mon père m'a laissée et la bague d'alliance qui promettait le bonheur à ma mère : Suzanne, je viens vous prier de les garder.

— Donnez, Jack, balbutia la jeune fille, en étendant avidement les mains.

— J'ai encore une chose à dire, murmura Smith. Tout à l'heure, un camarade vient de m'apprendre que l'armurier auquel j'avais montré mon pistolet désire me l'acheter ; votre père l'a gardé ! Avertissez-le de se présenter avec l'arme, la somme promise lui sera payée. Maintenant, j'ai tout dit ; Suzanne, il faut nous séparer.

Le jeune homme s'était levé, il tendit la main à la fille de Wilson.

— Mais vous reviendrez à Birmingham ? s'écria Suzanne serrant convulsivement sa main.

— Un jour seulement, et je ne vous y verrai plus ; le bâtiment sur lequel je dois m'embarquer à Liverpool part pour Boston dans trois jours ; il faut que je sois prêt. Adieu donc, Suzanne, et puisse le Seigneur vous envoyer tout le bonheur que je lui demande pour vous !

A ces mots Smith, que l'émotion gagnait, s'élança hors de la maison.

La jeune fille courut vers la porte comme pour le retenir ; mais toutes ses forces l'abandonnèrent à la fois ; elle s'appuya à demi égarée et à demi évanouie contre le mur. Quand elle reprit possession d'elle-même Jack avait disparu depuis longtemps.

Elle regagna sa chambre en chancelant.

Au moment où elle allait en franchir le seuil, elle vit un homme se glisser dans la rue, passer son bras sous la fenêtre entr'ouverte et déposer un billet près du camélia !

Quelque rapides qu'eussent été les mouvements de l'étranger, Suzanne avait reconnu Morton.

Elle voyait la lettre et le camélia, premier présent d'Edward ; elle voyait passer devant elle, comme des visions féeriques, toutes les images d'opulence qu'avait évoquées le jeune lord : il lui semblait même entendre sa voix mélodieuse, sentir son haleine passer entre ses cheveux comme un souffle embaumé, et tout se révoltait en elle, et tout dans son être criait : Jack ! Elle aimait Jack !

Suzanne referma vivement la porte de sa chambre pour lire le billet de Morton ; une plainte étouffée retentit dans celle de sa mère ! elle y courut et s'approcha du berceau de ses frères : un des petits jumeaux semblait se débattre sous l'étreinte de la mort ! Elle le saisit entre ses bras :

— Mère, mère, cria-t-elle d'une voix déchirante, en voyant Jane entrer.

La pauvre femme s'élança vers le berceau et arracha l'enfant à sa fille.

—Seigneur, sanglota-t-elle, si c'était la grande angoisse ! A genoux, Suzanne, à genoux, et prie Dieu qu'il nous le conserve.

Suzanne s'agenouilla et commença à réciter le *Pater* à haute voix ; mais les deux mains de Jane, posées sur ses lèvres, l'interrompirent brusquement.

—Tais-toi, tais-toi, n'achève pas, criait la mère. Seigneur, j'ai dit toute ma vie comme votre Fils : *Que votre volonté soit faite ;* mais aujourd'hui je ne peux pas ! je ne peux pas ! Ah ! laissez-le-moi !

Suzanne se releva d'un bond.

—C'est un médecin qu'il faut, s'écriat-elle.

— Nous n'avons pas d'argent !

—Mon père aura trouvé de l'ouvrage, il nous en rapportera.

Et la jeune fille s'élança vers la porte.

Mais une main jetée autour de sa taille l'arrêta.

— Non, je ne rapporte rien, Suzanne, reste ; j'arrive à temps seulement, je le vois, pour dire adieu à ton frère. Chercher à le sauver, malheureuse ! Mais ne sais-tu donc pas que pour nous autres la miséricorde de Dieu, c'est le tombeau. Adieu, mon fils. Seigneur, le seul remercîment que je te doive, c'est d'avoir épargné à mon enfant le supplice de vivre, et je te bénis encore, car je vois que son frère va le suivre.

Le plus faible des petits garçons avait en effet laissé retomber son front contre la poitrine de sa mère, et restait immobile et raide sur les genoux de Jane. Elle le déposa dans le berceau et prit le second de ses fils entre ses bras, le serrant contre son sein avec un égarement passionné. Wilson était debout, la figure livide, l'œil terne et cave, fixé alternativement sur le cadavre et sur le mourant.

L'enfant, pressé entre les bras de sa mère, semblait lutter douloureusement contre la mort ; ses mains froides et crispées enlaçaient le cou de Jane, et il la regardait d'un œil suppliant. Suzanne s'approcha doucement.

— Mère, murmura-t-elle, regardez comme le petit frère souffre pour mourir ; laissez-moi le prendre : vous voyez, votre cœur lui dit trop haut de rester, il ne peut pas partir tranquillement (1).

Mais Jane le serra plus fortement contre sa poitrine ; le dernier battement de ce cœur qui allait se briser, le dernier soupir de l'âme qui allait s'envoler lui appartenaient, c'était l'amère consolation que réclamait celle qui l'avait mis au monde.

— Non, Suzanne, dit-elle, écartant doucement sa fille et plongeant avidement dans l'œil de l'enfant, pour recevoir son dernier regard ; non, mon cœur ne lui crie pas de rester. Ah ! qu'il parte et que le Seigneur le reçoive dans sa paix ; qu'il meure ! Suzanne, ne me le prends pas ; ah ! laisse-le-moi.

Mais l'agonie de l'enfant se prolongeait. Alors Jane le souleva entre ses bras, jeta sur lui un long et dernier regard, pressa ses lèvres frémissantes contre ses cheveux, contre ses joues, contre ses lèvres ; et l'écartant d'elle avec un suprême effort :

— Prends-le, balbutia-t-elle suffoquée ; ah ! oui, peut-être mon cœur lui dit de rester, mon amour le retient. Puisqu'il faut que la même heure emporte mes deux enfants, prends-le, Suzanne : par moi, au moins il ne souffrira plus.

Quelques secondes après il expirait entre les bras de sa sœur.

(1) C'est une superstition généralement répandue parmi presque tous les ouvriers anglais, que le mourant serré entre les bras d'une personne qui désire fortement le conserver ne peut pas expirer en paix, et que son agonie se prolonge jusqu'à ce qu'elle l'ait remis entre les bras d'une autre plus indifférente

Enfin, murmura Wilson, qui n'avait point encore parlé, enfin !

Et prenant le corps inerte des bras de la jeune fille, il le déposa auprès du premier cadavre ; puis, se découvrant lentement :

— Adieu, mes enfants, dit-il fermement, adieu ! Endormez-vous joyeusement : heureuses créatures, vous n'avez pas subi la vie. Votre père, qui avait pleuré sur votre berceau, peut maintenant sourire sur votre tombe. Mes fils, mes seuls fils, ah ! vous n'aurez connu que peu de temps la faim et le froid. Couchés dans votre bière, enveloppés dans votre linceul, dévorés par les vers dans un repos éternel, vous ignorerez toujours ce que vous eussiez traîné en ce monde de misère et d'humiliation ; enfin Dieu vous a envoyé ce que votre père vous avait souhaité.

Puis Wilson se laissa tomber à genoux devant ce berceau transformé en cercueil ; mais, remarquant le désespoir de Jane, il se redressa ; et prenant les deux enfants :

— J'emporte les petits, Suzanne, dit-il à demi-voix, leur vue fait trop de mal à votre mère ; restez près d'elle et consolez-la.

Il se dirigea vers la pièce qu'habitait sa fille, tandis que la jeune ouvrière demeurait accroupie devant Jane.

En entrant dans la chambre, Wilson s'arrêta sur le seuil. Un rayon de soleil qui glissait entre les rideaux blancs jetait une lueur joyeuse sur tous les meubles ; les plantes envoyaient autour d'elles leur fraîche senteur, et comme Wilson heurta un vase en passant, une des fleurs du camélia vint s'effeuiller sur les deux cadavres.

Jems s'arrêta et déposa les jumeaux sur le lit de Suzanne.

Depuis trois mois qu'il avait été chassé

Il saisit le billet de Morton et l'ouvrit.

de l'usine de M. Morton et que ses recherches constantes nécessitaient fréquemment son éloignement du foyer, il n'était presque jamais entré dans la chambre de Suzanne.

Ces fleurs, ces rayons, ces parfums, éveillèrent en lui un étonnement douloureux. Là-bas tout était deuil et misère, et ici tout était bien-être et lumière! Ah! avec quoi sa fille avait-elle acheté ce luxe, comment l'avait-elle payé? Là on manquait de pain, et ici on avait des fleurs! Wilson jeta autour de lui un regard étincelant et scrutateur, lorsque son œil rencontra à terre le billet de Morton;

il le saisit et l'ouvrit. La lettre contenait ces mots :

« Suzanne, il faut que je te revoie :
« je t'aime et je te veux à moi. Quel est
« cet homme, qui l'autre soir a osé nous
« séparer? Je te l'ai dit, ce n'est pas
« seulement le bonheur que je t'offre,
« c'est la fortune pour ton père, l'abon-
« dance pour ta mère. Je puis te donner
« tout cela : reviens et tous les deux se-
« ront heureux; reviens et tu auras tout
« ce que je te promets. Ce soir je t'atten-
« drai sur la place, derrière l'église
« abandonnée. C'est la fortune, c'est

« l'amour que je t'offre, reviens; je
« t'aime!

« EDWARD MORTON. »

Wilson replia lentement la lettre.

— Ah! je comprends, murmura-t-il;
votre père, M. Morton, a fait mourir de
misère mes fils, et vous, vous vouliez
m'enlever ma fille; mais le ciel soit loué,
j'arrive à temps. Ah! vous aviez espéré
me réduire comme les loups, par la faim!
mais Dieu, qui retire le pain aux ouvriers,
leur laisse quelquefois les moyens de se
venger. Vous aurez beau faire fermer
toutes les manufactures de l'Angleterre
devant moi, je serai riche contre vous,
tant que j'aurai ma haine!

Et Wilson pressa de ses deux mains,
contre sa poitrine, quelque chose qu'il
semblait y cacher.

— Ah! vous attendrez, monsieur
Morton, eh bien, sur mon âme, vous
n'attendrez pas en vain!...

Jamais homme n'avait été assailli à la
fois par d'aussi poignantes douleurs;
jamais tant de tortures ne s'étaient ac-
cumulées en un instant sur un être hu-
main. Mais l'énergie de cet homme gran-
dissait à mesure que ses souffrances
devenaient plus âpres, et elle les dominait
de toute la hauteur de sa volonté. Ces
maux, qui eussent anéanti une âme vul-
gaire, rehaussaient la puissance de la
sienne, et en même temps que la haine
et la vengeance pénétraient dans son
cœur comme deux torrents de lave in-
candescente, sa raison demeurait froide.

Wilson était resté debout dans la
chambre de sa fille, l'œil fixé sur la lettre que tenait sa main. Le jour baissait
lentement; mais ces caractères res-
taient toujours lisibles pour son regard
indigné. Et pourtant il n'osait pas croire:
son âme flottait encore entre la colère et
le doute. Suzanne, sa fille aînée, maintenant son unique enfant, Suzanne dont la
beauté avait été si longtemps le charme

de ses yeux, la pureté, l'orgueil de son
cœur, était-elle vraiment connue de
M. Morton? avait-elle été réellement flétrie de sa honteuse préférence? Il ne
pouvait le croire; cette lettre était peut-
être un mensonge! Et il la froissait avec
rage.

Il se disait qu'il ne voulait croire qu'aux
paroles de sa fille, qu'il l'interrogerait,
qu'il parlerait de M. Morton et que si, à
ce nom, elle se troublait, alors sûr de ne
point accuser injustement, il irait à Edward.

Suzanne entra. Étonnée de voir son
père rester si longtemps près des deux
cadavres, elle venait le chercher pour le
ramener près de Jane.

La nuit était presque close; mais le
pas vif de la jeune fille avait averti Wilson de son approche; il s'avança vers le
lit sur lequel Suzanne s'était légèrement
inclinée en passant.

— Vous venez voir vos frères, demanda-
t-il, s'efforçant d'affermir sa voix et de
dominer son trouble.

— Non, je venais vous chercher: ma
mère est seule.

— Oui, seule!... seule maintenant!...

— Près de vous, mon père, peut-être
souffrira-t-elle un peu moins.

Wilson soupira profondément.

— Ah! son aspect est un reproche pour
moi, murmura-t-il? Ces enfants, que m'a-
vait soumis sa tendresse et que j'avais la
charge de soutenir, je n'ai pu même les
empêcher de sentir la faim et de mourir
sans secours. Ah! si j'étais resté chez
M. Morton!

La jeune fille fit un mouvement.

— Vous ne le pouviez pas, mon père,
dit-elle timidement.

— Qui sait, répondit Wilson, j'aurais

dû peut-être me soumettre au lieu de me révolter, et au lieu de demander ce que je méritais, accepter silencieusement ce que son avare justice voulait bien m'accorder. Je l'aurais dû pour votre mère, pour vos frères et pour vous-même, Suzanne.

— Pour moi, mon père...

— Oui, j'aurais dû savoir souffrir afin de voir moins souffrir ceux qui m'entouraient et dont Dieu m'avait fait le protecteur.

— Pour moi ? répéta vivement la jeune fille ; oh ! j'espère maintenant, mon père, ne plus être une charge pour vous ; j'espère même pouvoir bientôt vous être de quelque secours.

— Et en restant à l'usine, continua Jems, n'aurais-je pu vous procurer du travail ? M. Morton a des filles, qui n'auraient peut-être pas refusé de s'intéresser à vous, Suzanne. Elles sont jeunes, riches et mondaines, et votre adresse eût pu les embellir encore.

Suzanne soupira légèrement.

— Je tâcherai, dit-elle, d'avoir assez de travail pour ne pas regretter leur pratique.

Jems se rapprocha de sa fille.

— Connaissez-vous les demoiselles Morton, demanda-t-il ?

Suzanne tressaillit.

— Moi ! non, balbutia-t-elle.

A mesure que le trouble de la jeune fille devenait plus sensible, Jems sentait venir la conviction du malheur dont il avait d'abord voulu douter. Il fut obligé de garder le silence afin de pouvoir se contenir, car la colère bouillonnait dans son cœur, et il lui semblait que son cerveau allait faire explosion.

Après quelques instants il reprit :

— Quelquefois, en sortant de l'usine, je les ai rencontrées, et en les voyant descendre de voiture, richement vêtues, entourées d'hommages et de soins, je pensais à vous, Suzanne.

— A moi, répéta l'ouvrière troublée.

— Oui, je me disais : Heureux le père dont les jeunes filles sont, comme celles de M. Morton, protégées contre les moindres atteintes, défendues des moindres besoins, prévenues dans tous leurs désirs ! heureux le père qui n'a jamais vu le front de sa fille pâlir d'un travail prolongé !

Suzanne ne répondit pas.

Jems se rapprocha d'elle : sa parole devint plus lente, son accent plus oppressé, son regard se fixa sur sa fille comme s'il eût voulu deviner le trouble de ses traits à travers l'obscurité de la nuit.

— Et il a un fils aussi, continua-t-il ; car Dieu ne lui a refusé aucune joie, à cet homme !

Wilson s'arrêta, il lui semblait que la respiration de Suzanne était légèrement oppressée. Mais il s'était trompé encore peut-être ; il reprit :

— Un fils, son orgueil et son espoir, un fils, qu'il a pu élever, qu'il a vu grandir, qu'il voit à chaque heure, qui un jour perpétuera sa famille en amenant auprès de lui la femme qu'il aura choisie. Et ce fils, acheva Wilson dont une des mains avait brusquement saisi celles de sa fille, tandis que l'autre s'appuyait contre son cœur, ce fils, vous le connaissez, Suzanne.

La jeune fille se dégagea de l'étreinte de Jems.

— Mon père ! s'écria-t-elle éperdue.

— Vous le connaissez, répéta Wilson, avec éclat ; tout à l'heure encore j'ai voulu douter ; mais maintenant vous tremblez trop, votre cœur bat trop violemment sous ma main, pour me laisser un doute Suzanne, Suzanne, vous le connaissez.

La jeune fille s'affaissa sur elle-même et tomba aux pieds de son père; il se baissa vers elle fou de douleur et de colère.

—Ainsi, c'est vrai, s'écria-t-il avec emportement, ce nom que vous portez, Suzanne : ce nom que vous tenez de moi, que j'avais protégé de la moindre souillure, que j'espérais vous léguer à défaut de fortune, comme un héritage d'honneur et de fierté, vous-même vous le perdiez, vous-même vous le flétrissiez !

— Mon père !.... mon père !.... Oui, continua Jems, ce n'était pas assez qu'à force de misère ils eussent tué mes fils, vieilli avant l'âge la malheureuse compagne de ma vie, altéré mes forces par la faim; ils n'étaient pas assouvis : ils voulaient plus que mon sang, plus que ma vie ; il leur fallait encore mon honneur!

Suzanne étendit les bras vers son père; mais il ne la regardait plus. Sa voix devenait de plus en plus haute, et ses éclats arrivèrent jusqu'à Jane, qui se redressa, saisit la lumière et entra dans la chambre de Suzanne.

Son premier regard rencontra les corps immobiles de ses fils.

—Qui s'emporte devant des morts? murmura-t-elle avec une autorité douloureuse !

Jems se rapprocha de sa fille, et la relevant vivement :

—Contenez-vous, Suzanne, dit-il à voix basse; que votre mère ne soupçonne rien ; essuyez vos yeux, étouffez vos sanglots, je le veux.

Jane n'avait pas remarqué le mouvement de son mari; absorbée dans la pensée de son désespoir, elle était allée s'agenouiller devant le lit.

—Ce sont des prières qu'il faut, murmura-t-elle; c'est le dernier soin que nous devons aux petits : veillons et prions.

Sa tête retomba dans ses mains. Jems fit signe à sa fille de s'approcher d'elle, Suzanne s'agenouilla silencieusement et Wilson sortit.

Arrivé dans la première chambre, Jems se rapprocha de la fenêtre, appuya son front contre les vitres humides, et resta longtemps immobile. Arrêté dans l'explosion de sa colère par l'arrivée de sa femme, il avait besoin de se recueillir, d'apaiser ce flot d'irritation qui l'avait jeté hors de lui, de ressaisir son calme pour pouvoir combiner et agir.

Comme nous l'avons dit, il se laissait rarement aller à l'impétuosité de ses sensations, habitué à les dominer, à les cacher, à les étouffer même ; c'était un homme dont le désespoir pouvait s'exprimer par des plaintes ou par des reproches, mais dont le ressentiment ne pouvait se satisfaire que par des actes.

Il resta longtemps seul dans cette chambre obscure. Tout ce qui l'entourait était immobile et silencieux, et cependant mille images confuses flottaient devant ses yeux et serraient son cœur. C'étaient les souvenirs de sa vie passée qui se révélaient subitement à son âme torturée, et tout lui devenait distinct dans cette pièce dont l'obscurité lui cachait tous les détails, tout prenait une forme vague et fantastique, tout s'éclairait et je ne sais quel reflet émané de son âme, et le plongeait dans une hallucination douloureuse dont il ne pouvait sortir, et sous laquelle il se débattait avec effort. La chambre s'éclairait subitement ; vingt objets dont la place était vide depuis longtemps se replaçaient d'eux-mêmes dans la pièce dépouillée : des vases de fleurs décoraient la fenêtre garnie de rideaux blancs ; un oiseau chantait dans une cage suspendue au-dessus des fleurs;

un feu étincelant faisait chauffer dans la bouilloire l'eau qu'allait parfumer le thé, et des voix joyeuses se faisaient entendre à l'extérieur. Un jeune homme et une jeune femme entraient : c'étaient de jeunes mariés ; l'époux était fort, l'épouse douce et belle ; tous les deux, heureux, écoutaient en souriant les promesses que leur faisait l'avenir.

Puis un berceau était placé auprès du lit : une enfant dormait sous l'œil attentif de sa jeune mère. Oh ! que de fois, au retour du mari, on se consulta tendrement sur le nom dont on appellerait le nouveauné ! Oh ! combien furent rejetés, parce que celui-ci ne promettait pas le bonheur, parce que celui-là n'annonçait pas la beauté, et que les parents voulaient leur fille belle et heureuse !

Le temps marchait encore, marchait toujours : la chambre se dépouillait, l'oiseau mourait, les fleurs n'étaient point remplacées ; mais l'oiseau toujours chanteur, la fleur toujours fraîche du logis, la belle Suzanne était assise auprès du foyer, qu'égayaient ses rires, et quand revenu des ateliers le père se reposait près d'elle, quand la rude main du travailleur se perdait dans les boucles flottantes de sa chevelure blonde, il ne songeait point à remarquer les vides, et Jems oubliait de se plaindre.

Mais la misère venait, les années se succédaient, les privations s'accumulaient : la vie pesait plus lourde sur des fronts vieillis, et pourtant Suzanne souriait toujours, toujours elle était plus belle. Jems la voyait comme si elle eût été devant lui, si radieuse et si gaie.

Peu à peu une ombre flottait au-dessus de cette tête charmante, d'abord vague et incertaine, puis distincte et vivante : c'était la figure grimaçante et moqueuse d'Edward Morton.

Wilson fit un effort violent, et écarta de lui ces visions douloureuses. Il ouvrit brusquement la fenêtre pour que l'air

frappant son visage, et les voisins qu passaient au-dessous le rappelassent au sentiment de la réalité ; puis il se détourna, marcha à tâtons dans la chambre, cherchant dans l'ombre un objet caché, le rencontra, le saisit et, le pressant contre sa poitrine, quitta sans bruit la maison.

Sept heures venaient de sonner dans un des faubourgs les plus écartés de Birmingham : derrière les murs dégradés d'une vieille église catholique, un jeune homme se promenait seul, s'arrêtant brusquement, chaque fois qu'un bruit lointain semblait lui annoncer l'approche d'un passant : puis, quand le son s'éteignait dans une autre direction, l'inconnu reprenait sa promenade avec une vivacité plus impatiente, pour la suspendre encore et prêter l'oreille au moindre bruit, et laissait échapper, accompagnés d'un soupir, quelques mots mal articulés chaque fois que son espoir déçu venait lui rendre l'attente plus pénible.

La nuit avait cette demi-obscurité qui promène sur tous les objets une lueur molle et fugitive. La lune brillait dans le ciel ; mais à chaque instant des nuages confus venaient cacher ses rayons ou ne les laissaient percer qu'à travers leur voile léger, et quand, dégagés de leurs rideaux, ils jetaient sur la terre leur clarté indécise et comme indiscrète, ils venaient éclairer les arceaux délicats du vieux temple dépouillé de toiture. Puis, gagnant peu à peu, ils glissaient sur l'herbe grandie entre les stalles brisées, faisaient sortir de l'ombre la figure rigide d'un chevalier mutilé agenouillé sur sa tombe. Quand enfin, entièrement dégagée des nuages, la lune étincelait dans toute sa splendeur, elle découvrait au fond du vieil édifice gothique le buste colossal d'un saint décapité, dont la tête gisait à ses pieds enterrés sous la mousse.

Mais le vent commençait alors son appel plaintif ; les nuages accouraient comme une armée débandée, cachaient la lumière sous leurs flancs monstrueux ; et on n'entendait plus que le sifflement harmonieux de la rafale gémissant à travers les ruines, et faisant frémir l'herbe qui recouvrait tant de débris.

L'étranger se promenait toujours, heurtant parfois contre un crâne de marbre et resserrant son élégante redingote quand la bise devenait trop mordante. Sa patience se lassait peu à peu, comme le prouvaient certaines exclamations qui lui échappaient de temps en temps.

—Au diable les rendez-vous ! murmurait Edward Morton, que le lecteur a sans doute reconnu ; à cette heure surtout et dans un tel lieu, ajouta-t-il, trébuchant contre une pierre renversée. Sur mon âme, Suzanne tarde bien ; c'est abuser de l'attachement des autres.

Mais il s'arrêta : un pas s'était fait entendre... c'était bien dans la direction de l'église abandonnée. Edward avança rapidement.

— Est-ce vous, Suzanne ? murmura-t-il.

— C'est moi, répondit une voix mâle.

— Vous, qui ? et que cherchez-vous ici ? redemanda le jeune homme.

— Vous même, monsieur Morton.

Edward tressaillit.

—Vous me connaissez ?

—D'aujourd'hui seulement ; mais puisque Dieu veut bien que je vous rencontre, vous ne m'échapperez pas.

— Et que voulez-vous de moi ? Qui êtes-vous ?

— Le père de celle que vous vouliez perdre.

Edward recula.

— Qu'avez-vous à me demander ? balbutia-t-il troublé.

— Ce que j'ai à vous demander ? répéta Wilson, avec une colère mal contenue : vous allez le savoir, monsieur. Ce soir il y a bal chez votre père ; en passant près de votre demeure, j'ai vu les fenêtres étinceler de lumière. En sortant d'ici, vous allez à cette fête : vous y mènerez Suzanne, monsieur.

— Moi !

— Oui ; et au milieu de cette foule, dont les regards seront fixés sur vous, vous mettrez la main de ma fille dans la vôtre ; vous la conduirez à votre père, et vous lui direz que Suzanne Wilson est l'épouse que vous avez choisie.

— C'est impossible.

—Impossible ! s'écria Wilson avec un éclat de colère terrible ; mais vous ne comprenez donc pas que cela doit être, monsieur Morton ? Il est des femmes plus belles et plus riches que Suzanne, il n'en est point une dont les droits puissent effacer les siens. Ces mariages sont, je crois, ce que le monde appelle une mésalliance, une honte : eh bien, s'il faut votre honte pour effacer la sienne, vous la subirez, et vous tomberez à côté d'elle dans la boue où vous l'avez traînée.

Le jeune homme tressaillit de colère ; et s'efforçant de se contenir, il dit :

— Ainsi c'est par ma honte que vous entendez réhabiliter l'honneur de votre fille ?... La colère vous aveugle, Wilson ; ce que vous demandez est insensé. Une telle réparation est impossible. Et puis ne sentez-vous pas que alors que j'aurais la lâcheté de me soumettre à votre injonction, vous n'y gagneriez rien, ni elle ni vous ? On me couvrirait de mépris ; mon père indigné de ma bassesse n'accorderait rien, et votre fille, bien qu'irréprochable, serait perdue..... Car, Suzanne elle-même pourra vous le dire, je l'ai respectée.

— Respectée !... ne l'avez-vous pas

perdue par vos poursuites, flétrie par la persistance de vos attentions? Mais vous, qui tenez tant à l'opinion du monde, ne sentez-vous pas qu'une femme est perdue quand on lui a arraché sa réputation?

Edward ne répondit pas, mais chercha à s'échapper; Wilson le retint.

—Restez! s'écria-t-il; si je ne puis obtenir de votre honneur la réparation que je venais chercher, je l'obtiendrai par les armes.

— Vous voulez m'assassiner?...

— Non; mais l'un de nous doit rester ici; il faut que le malheur de Suzanne soit complet ou soit vengé.

Morton se tut pendant quelques instants; la pensée d'une lutte sanglante entre Wilson et lui froissait son orgueil en même temps qu'elle répugnait à son cœur violemment épris; il cherchait un moyen de tout concilier. La voix stridente du père de Suzanne mit brusquement fin à ses réflexions.

— Ainsi, vous voulez un duel?

—Un duel! non, monsieur Morton; dans les duels, ce n'est point le hasard, mais l'adresse du plus exercé qui décide. Voici un pistolet et un schilling : jetez le schilling; et si, en tombant, il montre la face de la reine, priez Dieu qu'il vous prenne en miséricorde. Jetez!

— Jetez vous-même, murmura Edward épouvanté.

Wilson lança le schilling. La lune brillait sans nuage : tous les deux se baissèrent : deux cris se firent entendre. Une main saisit le pistolet posé sur une des tombes et le coup de feu partit.

Une des deux âmes était remontée vers les demeures éternelles.

Jane et Suzanne veillaient depuis longtemps. Déjà, malgré les émotions de toutes sortes qui l'agitaient, la tête de la jeune fille était tombée plusieurs fois sur le lit, et ce n'était qu'au contact de ces petites mains glacées, qu'elle se redressait avec un frémissement, et redisait à haute voix les prières que son sommeil interrompait.

Quant à Jane, elle ne parlait ni ne pleurait, ses mains étaient jointes fermement; sa tête légèrement inclinée sur sa poitrine, ses lèvres constamment entr'ouvertes et agitées, faisaient deviner qu'elle avait entrepris une de ces prières sans suite et sans fin, dans lesquelles le désespoir semble s'autoriser lui-même, en prenant une forme religieuse. La chandelle achevait de se consumer sur la petite table, et jetait autour d'elle ces lueurs vives et intermittentes qui annoncent le déclin.

La nuit s'écoulait, nuit d'incommensurables douleurs pour ces infortunés, qui, par la volonté de Dieu, étaient mis à de si cruelles épreuves.

Tout-à-coup la porte d'entrée fut ouverte et la voix de Wilson appela Jane.

La mère se leva machinalement à cet accent connu, auquel elle était accoutumée à obéir, et prenant la lumière prête à s'éteindre, elle passa dans l'autre chambre, tandis que Suzanne veillait les morts.

Wilson avait déposé dans la première pièce un cercueil de sapin : il le désigna à sa femme.

— Voici de quoi ensevelir vos fils, dit-il d'un air sombre; les draps de notre lit pourront leur servir de suaire.

Jane tressaillit; elle regarda la bière, puis se ranimant à la pensée de ce dernier soin à rendre à ses fils, elle se dirigea vers l'autre chambre, d'où elle ressortit bientôt, accompagnée de Suzanne et portant les cadavres. Elle les déposa sur son lit, courut à un vieux coffre, d'où elle retira des lambeaux de vêtements,

J'ai vu M. Morton !... il ne reviendra **plus**.

les tria avec soin, destinant à la dernière toilette de ses fils les moins usés et les plus éclatants ; puis se rapprochant de ses enfants, elle s'accroupit et se mit à revêtir ces corps inertes et glacés, avec l'attention scrupuleuse d'une mère.

Il y avait dans ces soins, dans cette toilette mortuaire, quelque chose de tristement ironique. A voir ces têtes lourdes, soulevées à chaque instant, et retombant sans cesse sur le sein qui les avait nourries ; à voir ces guenilles brillantes qui cachaient mal la maigreur de ces corps étiolés, cette femme désolée se ranimant et prodiguant à ces morts qu'allait emprisonner un cercueil les **derniers** soins de ce monde, on eût dit la dernière des Parques revêtant somptueusement celui dont elle vient de briser la vie.

Jems s'était rapproché de sa fille.

—J'ai vu M Morton, Suzanne, murmura-t-il.

Elle poussa un cri.

Son père saisit sa main et lui désigna Jane du regard.

Mais Jane n'avait rien entendu, perdue dans son travail ; elle l'achevait avec une sorte de désespoir consciencieux et ne sentait rien de ce qui l'entourait.

Regardez, Wilson, ils sont prêts maintenant.

— Eh bien ! murmura la jeune fille.

— Je l'ai vu, répéta Wilson , et il ne reviendra plus.

Suzanne leva sur son père un regard où se mêlaient l'étonnement et l'épouvante; elle n'avait rien deviné , ecependant elle avait peur d'interroger et même de supposer.

Jane venait d'appeler son mari.

— Regardez, Wilson, dit-elle avec un sourire vague et sinistre , ils sont prêts maintenant, et je vais les mettre dans leur berceau.

Puis jetant un regard au cercueil, elle frissonna et pâlit.

—Avant qu'ils s'endorment , murmura-t-elle, embrassez-les encore, Wilson, embrassez-les bien.

Il se pencha d'abord, puis, repoussé comme par une force invisible , il se redressa.

— Je ne puis pas, cria-t-il!

Jane se redressa , regarda fixement son mari , et fut frappée de la pâleur de son visage et de l'altération de ses traits, et d'une voix tremblante elle dit :

— Priez du moins.

— Je ne veux pas, balbutia Wilson, en reculant et cachant sa tête entre ses mains tremblantes.

Et comme Jane insistait :

— Laissez-moi, cria-t-il avec emportement, laissez-moi.

La mère regarda Jems avec un étonnement douloureux ; mais effrayée de la colère de son mari, elle retourna près du cercueil, et, embrassant longuement ses fils, elle laissa retomber sur eux le linceul.

Pendant quelques instants tous trois restèrent silencieux, agités de pensées contraires ; enfin la porte s'ouvrit et une voix étrangère dit :

— Une lettre pour vous, monsieur Wilson.

Suzanne avança, prit la lettre et vint la remettre à son père.

Jems en fit sauter le cachet brusquement, et après y avoir jeté les yeux, il se dirigea vers sa femme.

— Jane, je pars, murmura-t-il !

— Déjà! s'écria la pauvre femme. Seigneur, qu'allons-nous devenir !

— Soyez sans inquiétude, répondit son mari : on m'offre du travail à Édimbourg, quelles que soient les conditions, j'accepterai. Le patron m'envoie une avance pour le voyage ; prenez-en la moitié, le reste me suffira.

Jane prit machinalement le bank-nott que lui offrait son mari.

— Quand reviendrez-vous ? demanda-t-elle vaguement, l'œil toujours arrêté sur ses fils.

— Dès que je le pourrai. Jane, au revoir!

— Ah! oui, vous reviendrez ; mais eux?...

Et elle montrait le cercueil.

— Jane, dit Wilson avec l'accent d'une poignante douleur, ils ne souffrent plus, eux!

Il s'était incliné vers la mère désolée, pressa silencieusement ses lèvres contre ses joues ridées, tandis que son regard allait chercher ses fils avec un mélange de douleur et de honte.

Suzanne s'était avancée pour prendre congé de lui; mais il l'éloigna d'un geste et quitta sa demeure.

Jems était parti; et les deux femmes veillaient encore auprès de la bière dans cette chambre dépouillée, où parfois un rayon égaré de la lune venait dessiner vaguement sous le suaire les formes chétives et amaigries des deux jumeaux.

Jane était étendue à terre, sa main distraite cherchant encore à agiter le cercueil comme si elle eût voulu se tromper elle-même et croire encore être à cette époque heureuse où elle berçait le sommeil de ses fils.

Et pendant ce temps, chez M. Morton, tout était fête et luxe. Les lourds rideaux de velours étaient retombés sur les croisées fermées. La lumière étincelait dans le cristal des candélabres. Les fleurs embaumaient l'air attiédi. Aucun des bruits de la rue n'arrivait dans ce séjour du plaisir; le piano était ouvert, les pupitres allaient recevoir les cahiers des musiciens et le salon allait s'animer des bruits confus d'un bal. Cependant tout était encore silencieux; les domestiques achevaient d'allumer les bougies et de préparer l'antichambre, tandis que M. et madame Morton, encore enfermés dans leurs chambres, complétaient leurs toilettes et donnaient les derniers ordres.

Deux jeunes filles étaient assises dans le salon.

A la souple élégance de leurs manières, à leurs cheveux blonds et soyeux, à leurs teints éblouissants, il était facile de les reconnaître pour les sœurs d'Edward. A demi étendues, elles causaient en riant, et l'on devinait qu'elles se réjouissaient déjà à la pensée du plaisir qui s'apprêtait.

L'une d'elles se souleva en entendant l'horloge sonner.

— Déjà neuf heures ! s'écria-t-elle, et Edward ne rentre pas ; si je ne le savais le plus inexact des cavaliers, je m'inquiéterais vraiment.

—Et moi, répondit sa jeune sœur, restant nonchalamment appuyée contre les coussins, si je ne le savais le plus souhaité des danseurs, je ne songerais point à m'inquiéter. De grâce, Olivia, faites-le chercher par un domestique, il se sera laissé attarder au cabinet de lecture, ou chez lord Bruman, qu'il devait prendre en passant ; mais il est inconvenant de rester si tard dehors un soir de bal.

Olivia ne répondit pas ; mais se tournant au bout de quelques secondes vers Arabella :

— N'avez-vous pas remarqué que depuis quelque temps Edward est changé ? demanda-t-elle.

— Moi, nullement ; quelle idée, ma chère. Edward a toujours été un peu fantasque ; mais cela lui sied bien, et peut-être doit-il à cette légère excentricité d'être un gentleman accompli.

—Oh ! mais se faire attendre ainsi un jour de fête !

— Son arrivée n'en aura que plus d'éclat.

Et la jeune fille, penchant devant Olivia sa tête blonde, ajouta en souriant :

— Au lieu de vous préoccuper ainsi, regardez ces fleurs ; ne sont-elles pas d'une finesse et d'une fraîcheur admirables ?

— Oh ! admirables, répondit Olivia, écoutant à peine.

— Aussi, continua Arabella vivement, on aura beau m'accuser d'exagération, je soutiendrai que les avoir eues pour cinquante schillings, c'est ne les avoir rien payées.

— Elles ne vous dureront qu'une soirée, fit observer sa sœur

— Qu'importe ! elles seront, j'en suis certaine, les plus belles du bal.

Olivia examina en souriant sa fraîche toilette.

— Je vous ai entendue discuter avec la couturière le prix de la façon de votre robe, dit-elle ; en vérité elle est charmante. Combien donc l'avez-vous payée ?

—Oh ! horriblement cher : douze schillings. Mais que voulez-vous, ces femmes sentent qu'elles nous tiennent dans leur dépendance ; aussi sont-elles d'une exigence ! La mienne prétendait qu'en ne payant que ce prix pour mes robes, elle gagnait à peine de quoi vivre, qu'il fallait qu'elle veillât les nuits, qu'elle avait quatre enfants, que l'année était horriblement dure ; enfin que sais-je, elles ont toujours un discours prêt : il m'a fallu accepter ses conditions.

— Mais avec douze schillings pour une robe comme celle-ci, je comprends qu'elles vivent difficilement, fit observer Olivia.

— Elles mettent si peu d'économie dans leurs dépenses, murmura Arabella en se laissant retomber sur les coussins.

— Je ne crois pas, dit Olivia en souriant, qu'il y en ait beaucoup parmi elles qui paient cinquante schillings des fleurs dont l'éclat doit durer une heure.

— Oh ! chère, sont-elles donc nées pour cela ?

La demie de neuf heures sonna

—Edward est insupportable, s'écria la jeune fille ; les invités vont arriver : quelle inexactitude !

—Il n'était point ainsi autrefois, dit sérieusement Olivia. Vous avez beau dire, Arabella, Edward est changé ; il ne recherche plus le monde comme il y a six mois.

— Parce qu'il veut s'y faire regretter et redemander ; car savez-vous, Olivia, que ce cher Edward possède un certain degré de fatuité. Je parie qu'il veut forcer lady Emily à lui faire des avances.

— Lady Emily est charmante, répondit Olivia, et je crois, en effet, qu'Edward désire lui plaire.

—Avez-vous remarqué, continua Arabella, que dimanche dernier il n'a parlé et dansé qu'avec elle seule. Mon père l'engage à la demander en mariage, et je crois qu'il y est décidé.

—J'espère qu'il s'y décidera plus tard; mais je crois que jusqu'à présent il ne désire pas se marier.

A ce moment la porte s'ouvrit, et une vieille servante, la nourrice d'Arabella, entra dans le salon.

Olivia se tourna vers elle.

—Me voulez-vous quelque chose, Meg? demanda-t-elle.

— Non, miss Olivia, non, répondit la bonne.

La jeune fille se redressa.

— Comme vous tremblez, dit-elle. Avez-vous quelque chose à me demander? mais parlez, Meg, je vous écoute.

La vieille servante saisit les mains délicates de miss Morton.

—Vous avez du courage, n'est-ce pas, miss Olivia? murmura-t-elle.

Olivia pâlit.

— Pourquoi me faites-vous cette question?

— Vous êtes brave et vaillante au malheur, n'est-ce pas?

— De grâce achevez, balbutia la jeune fille.

— Et bien, dit la vieille servante d'une voix basse et confuse, c'est qu'on vient de ramener M. Edward.

—Edward! il est malade?

—Non, répéta Meg, l'œil injecté et la voix balbutiante, on l'a ramené, miss Olivia..., on l'a ramené assassiné...

Olivia se leva impétueusement.

—C'est impossible! s'écria-t-elle.

Arabella s'évanouit.

— Venez, venez, pauvre enfant, continua Meg; maintenant c'est vous l'aînée de la famille; il faut que vous annonciez le malheur à votre père.

Et la vieille servante entraîna Olivia

dans une chambre où l'on venait de déposer le corps du jeune Morton.

Il était là étendu sur un divan, si calme et si beau qu'on l'eût dit endormi, si son immobilité complète et la pâleur glacée de son front n'eussent trahi la mort. Sa tête était doucement posée sur un coussin que les boucles de ses cheveux recouvraient entièrement; ses lèvres étaient entr'ouvertes comme dans un sourire, ses paupières demi-closes comme dans un léger sommeil, sa main appuyée contre sa poitrine dont le sang coulait encore.

Olivia se pencha sur le cadavre de son frère.

— Edward! murmura-t-elle; Edward! répéta-t-elle plus haut, étendant sa main brûlante sur le front du jeune homme.

Mais elle la retira avec un cri; en sentant sous ses doigts cette chair glacée, la conviction de la mort avait pénétré dans son cœur.

— Mon frère! mon frère! sanglota-t-elle en tombant à genoux, et jetant ses bras autour du corps de Morton. Oh mon Dieu! mon Dieu! faudra-t-il que je dise à ma mère que tu es mort, à mon père qu'il n'a plus de fils. Edward! Edward!

Mais le même sourire sinistre rayonnait sur cette figure, où aucune expression ne devait changer celle que la mort y avait éternisée.

Olivia se redressa pâle et résolue.

— Allons, Meg, s'écria-t-elle, allons; mon père ne sait rien, il faut que je parle maintenant. Oh! parler, parler, mon Dieu! et ils ne soupçonnent rien, et ils sont heureux; ah! je ne pourrai pas, je ne pourrai jamais!

Et la jeune fille s'arrêta encore sur le seuil les bras pendants et l'œil vaguement fixé à terre, lorsqu'une voix se fit entendre au bout du corridor.

Olivia tressaillit.

—As-tu entendu, Meg, as-tu entendu? c'est mon père.

Elle se précipita dans le couloir ; une main l'arrêta.

— Que faites-vous ici, Olivia? demandait M. Morton.

Sa fille leva sur lui un regard éperdu.

— Mon père, murmura-t-elle, n'avancez pas ; oh ! n'entrez pas.

Il la regarda et l'écarta vivement de sa poitrine.

— Vous pleurez? s'écria-t-il. Qu'avez-vous, mon enfant, qu'avez-vous ? où est Arabella? où est votre frère?

Mais il venait d'arriver à la porte de la chambre fatale, et son regard en y plongeant s'arrêta sur le corps de son fils.

Il s'élança vers le lit, et voyant les gens de police qui entouraient le cadavre, le sang qui rougissait les mains et les habits d'Edward, il tomba à genoux.

— Oh ! Edward ! Edward ! s'écria-t-il ; les misérables ! ils ont assassiné mon enfant.

Il tomba à genoux près du cadavre d son fils ; sa tête brûlante s'appuya sur les mains glacées d'Edward. Ses yeux demeurèrent secs ; son cœur cessa de battre ; il lui sembla que son âme allait rejoindre celle de son enfant bien-aimé, et il demeura ainsi quelques instants immobile et muet, anéanti dans l'immensité de sa douleur.

Ah ! Wilson, que le cœur du père batte sous le vêtement du gentilhomme ou sous la blouse de l'ouvrier, il peut contenir bien du désespoir. Que le cadavre de l'enfant soit posé dans le grenier sans feu ou dans la salle de bal, l'œil du père verse les mêmes larmes, et ce qui brise tous les cœurs dans la chambre sans pain comme sous les lambris dorés, c'est la place vide où jadis on souriait à un être aimé....

Enfin M. Morton se leva, pressa ses lèvres dans un silence solennel contre ces lèvres chéries que la fraîcheur de la vie n'avait point encore abandonnées. Le désespoir n'avait pu qu'un seul instant terrasser cette vaillante nature ; une pensée venait de calmer sa douleur. L'idée de la vengeance traversa son âme : il vit vaguement aux pieds d'Edward le cadavre de son assassin, et les battements précipités de son cœur reprirent leur régularité, et le sang remonta à son front livide.

Il se détourna vers les gens de police :

— Messieurs, je suis riche, dit-il, tout le monde le sait à Birmingham : eh bien ! sur le corps de mon fils, je jure de donner la récompense qu'il demandera, à l'homme qui me fera découvrir le meurtrier d'Edward. Allez donc, cherchez, servez ma vengeance en vous enrichissant ; que je puisse voir, avant de mourir, le glaive de la justice tomber sur la tête de l'infâme : allez, et chaque goutte de son sang vous sera payée au poids de l'or.

V.

La justice avait commencé ses enquêtes ; elle s'était transportée au lieu de l'assassinat, où on avait découvert un pistolet d'une forme étrange, d'une perfection extrême, et une lettre froissée, tachée de sang, signée de Morton, et adressée à Suzanne.

Le bruit de l'assassinat d'Edward s'était répandu rapidement dans Birmingham, et les habitants l'apprirent en même temps que l'arrestation de Jack, désigné par un des agents de police comme ayant eu avant le meurtre une querelle violente avec le jeune Morton.

Il fut traîné en prison, et les perquisitions continuées avec activité ayant amené à découvrir qu'il était l'inventeur du pistolet trouvé auprès du corps d'Edward, il ne resta plus de doute dans l'esprit du peuple de Birmingham : Jack était l'assassin, et avait été amené à ce meurtre par une jalousie d'amour.

Toutes les apparences, en effet, se réunissaient contre le malheureux Jack, et à ces charges accablantes, il n'avait à opposer que des protestations d'innocence, qu'aucune preuve , aucun incident favorable ne venait appuyer.

Personne donc ne doutait de la culpabilité de cet infortuné. Seule, Suzanne ne voulut point croire au crime; seule, en apprenant le meurtre, elle s'écria que l'accusation était un mensonge et que Jack n'était point un assassin. Comment eût-elle pu y croire, elle qui, la veille seulement, s'était révélé un amour germé depuis longtemps dans son cœur, et que sa vanité avait vainement tenté d'étouffer ; elle qui, durant cette nuit d'agonie, s'était juré de vouer à Smith ce qui lui restait de vie et d'amour, pouvait-elle voir l'ombre sanglante et jadis aimée de Morton se dresser entre elle et Smith, et crier vengeance contre Jack !

Et cependant tout accusait l'ouvrier; chaque mot prononcé sur lui était une malédiction ; tous croyaient à son crime, tous le condamnaient d'avance : la jeune fille lisait dans chaque regard le mépris et la haine; sur toutes les lèvres, elle entendait une imprécation, et elle devinait que dans tous les cœurs son arrêt de mort avait été prononcé avant le jugement.

Et elle dont l'amour, funeste à Morton, avait été révélé par l'éclat du crime, se sentait l'objet d'une curieuse pitié, d'un malveillant intérêt; elle devait subir les questions indirectes de vingt voisines qui la plaignaient hautement de la mort d'Edward, sans deviner ce qu'il y avait au fond de ce cœur blessé de désespoir et d'amour.

En vain, certaine de l'innocence de Smith, elle s'efforçait d'en convaincre les autres; elle cherchait en vain dans sa mémoire troublée une preuve qui pût justifier Jack : elle ne se rappelait rien.

La conversation de la veille, écoutée à travers ses sanglots, ne lui avait laissé qu'un souvenir, c'était l'accent du jeune homme, quand il s'était levé en disant : Adieu, et soyez heureuse.

Une voisine plus persistante et plus indiscrète que les autres était restée avec la jeune fille, espérant arracher à son désespoir quelque secret ignoré. Mais Suzanne, affaissée, perdue dans sa douleur, l'écoutait à peine, et ne répondait que par des mots entrecoupés de sanglots.

Enfin elle leva sa tête éplorée.

— Mais, avant de chercher les preuves qui le justifient, s'écria-t-elle, mais dites-moi donc quelles sont celles qui l'accusent.

La voisine secoua la tête.

— Des preuves que vous ne pourrez nier : le pistolet trouvé auprès du corps de M. Morton et dont il est l'inventeur.

— Le pistolet ! s'écria la jeune fille se redressant sur ses genoux, mais il ne l'avait pas !

— Il ne l'avait pas ? en êtes-vous sûre, miss Suzanne ? à qui donc l'avait-il confié ?

— A qui ? répéta Suzanne...

Mais elle s'arrêta, chancela et tomba à terre, les cheveux épars, l'œil injecté de sang et les mains crispées dans des spasmes nerveux. Elle venait de tout deviner.

— O Jack, pensa-t-elle, je puis te sauver et je ne le dois pas ; tu monteras sur l'échafaud, et le mot qui pourrait t'en faire descendre, je ne le dirai pas; Jack, je me tairai. Mon père, quand vous avez tout découvert, pourquoi ne m'avoir pas frappée, moi?

Et la tête de la jeune fille retomba lourdement sur le carreau de la chambre.

Quand elle revint à elle, la voisine s'empressa de renouveler ses questions sur le pistolet, ne manquant pas d'avertir Suzanne qu'elle serait appelée en témoignage, que sa déposition pouvait sauver le jeune homme, qu'elle tenait la vie de Jack entre ses mains. Et la fille de Wilson éperdue, haletante, les doigts pressés contre ses lèvres pour empêcher son secret de s'en échapper, se demandait si elle aurait le courage de se taire. Mais quand elle vit Jane entrer dans la chambre, pâle de sa longue veille et de son désespoir, elle se jeta dans les bras de sa mère et se dit qu'elle aurait la force du silence.

Sa dernière espérance était dans le retour de son père; lui seul pouvait sauver Jack, lui seul en se nommant pouvait effacer du front du jeune homme le sceau d'infamie dont on l'avait flétri. Mais les jours s'écoulaient sans ramener Wilson. Et puis s'il revenait et qu'il parlât, ce ne pouvait être que pour s'accuser lui-même, pour se jeter aux mains du bourreau; il n'y avait point d'autre alternative : pour que Jack fût sauvé, il fallait que Wilson montât sur l'échafaud. La pauvre Suzanne le sentait, et après avoir caressé un instant ce dernier espoir, elle le repoussait avec horreur. Enfin un camarade que Jems avait rencontré à Edimbourg vint avertir Jane qu'elle n'eût point à attendre son mari; que l'espoir de s'arranger avec le manufacturier l'avait appelé et le retenait encore, et qu'il ne serait de retour que dans une douzaine de jours : c'était le dernier coup porté aux espérances de Suzanne; Jack était jugé le lendemain.

Le jour du jugement, des officiers de police vinrent chercher Suzanne et la firent entrer dans une pièce, où ils la prièrent d'attendre jusqu'à ce que le moment de sa déposition fût arrivé.

La salle du jugement était pleine de spectateurs, attirés par le retentissement du crime.

Là aussi on voyait M. Morton pâle, en deuil; mais qui, près de voir justice faite, laissait deviner sur ses traits une satisfaction douloureuse. Enfin au banc des accusés était assis Jack Smith, pâle aussi, mais d'une longue souffrance que nul ne soupçonnait, calme et résigné en songeant qu'il allait accomplir un sacrifice que cependant personne ne connaîtrait. Car lui aussi il avait deviné le crime de Wilson; mais, ne pouvant se sauver qu'en l'accusant, il avait accepté la punition pour lui-même; il avait demandé à Dieu

d'être considéré comme la victime expiatoire, et de ne pas maudire le père de Suzanne.

Tous les yeux étaient fixés sur lui; les élégantes de la ville braquaient leurs lorgnettes de théâtre sur la figure du pauvre ouvrier de Birmingham, avides d'étudier sur ses traits les angoisses de l'attente, et curieuses de voir l'expression d'un grand criminel! Un grand criminel, la figure de Smith ne semblait pas le désigner comme tel. Sa tête accentuée semblait avoir été pâlie et amaigrie, plutôt par les privations et les souffrances intimes que par les passions brutales. Son œil rêveur, s'éclairant parfois d'une flamme profonde, ne trahissait jamais la haine; ses lèvres fines, dont l'expression était généralement mélancolique et douloureuse, n'avaient rien d'amer, et ses longs cheveux noirs, flottant autour de sa tête, lui donnaient je ne sais quoi de sombre et de fatal, mais rien de féroce.

Le juge venait de monter à son tribunal et l'audience s'ouvrit par les paroles consacrées :

— Jack Smith, êtes-vous innocent ou coupable du crime dont on vous accuse?

Jack resta la tête penchée. Pourquoi ne pas répondre de suite qu'il était coupable, et éviter ainsi les tortures d'un long débat; mais il vit passer devant lui la figure de son père, brave ouvrier mort sans reproche, de sa mère courageuse, femme sur la vie de laquelle ne pesait pas un blâme; il pensa qu'il ne devait pas flétrir lui-même leur nom, qu'au moment de la mort sa voix ne devait pas trahir la vérité. Sa taille se redressa lentement.

— Innocent, mylord! répondit-il avec fermeté.

Alors les témoins furent entendus. C'étaient des agents de police habitués aux dépositions judiciaires, et qui firent rapidement leur déclaration. L'un d'eux portait le pistolet : le président le prit entre ses mains.

— Jack Smith, dit-il, vous ne niez pas que cette arme ait été fabriquée par vous?

Le jeune homme secoua la tête.

— Je ne nie rien, mylord, répondit-il respectueusement, le pistolet a été inventé par moi.

Le président se détourna.

— Qu'on introduise Suzanne Wilson, dit-il, c'est le dernier témoin que nous ayons à entendre.

Un mouvement se fit dans la salle; le front de Smith se colora : il cacha sa tête entre ses mains. M. Morton tressaillit; un sentiment inexprimable de curiosité et d'horreur, d'attendrissement et de répulsion, avait saisi son âme. Son œil était involontairement dirigé vers la porte par laquelle venaient de sortir les témoins, vaguement avide de voir cette femme dont l'amour lui avait ravi son fils. Amour fatal qui, après avoir causé un meurtre, poussait maintenant un innocent à l'échafaud.

Suzanne entra.

Le vieux châle dont elle était enveloppée semblait trahir plutôt que cacher la perfection harmonieuse de ses formes; les longues boucles de ses cheveux, négligemment rattachées sur sa tête, entouraient sa figure de leur réseau transparent et onduleux; son orbite bruni de pleurs, sa paupière alourdie de larmes, donnaient à son regard je ne sais quoi de plus voilé et de plus profond; son front, légèrement contracté, avait la beauté des marbres antiques, et sa lèvre plissée par une préoccupation funeste achevait de donner à son visage cette expression de noblesse chaste et sinistre sous laquelle on dépeint l'ange du désespoir.

Sur toutes les lèvres, un cri d'admiration avait remplacé le cri de mépris qui allait en sortir; mais pour la fille de Wilson toute cette foule n'existait pas : dans cette vaste salle, elle ne voyait que les jurés qui allaient condamner, et Jack qui allait mourir.

Elle répondit machinalement aux questions préliminaires qui lui furent adressées. Mais peu à peu, reprenant possession d'elle-même, sa voix confuse et tremblante se raffermit, sa taille affaissée se redressa, son visage s'éclaira d'une résolution ferme, et elle parla d'une façon de plus en plus claire et lucide, à mesure qu'on entrait dans les détails de l'affaire.

Enfin, le président lui posa froidement cette question :

— Suzanne Wilson, ces deux hommes vous poursuivaient : lequel favorisiez-vous, lequel aimiez-vous?

A cette demande, la jeune fille tressaillit d'indignation. Et qui donc était l'interrogateur, pour oser lui faire une telle question, pour oser lui demander de dévoiler à la face de cette foule curieuse ce secret intime de l'âme, que les femmes ne révèlent qu'à un seul être, à travers leurs larmes, leurs hésitations et leurs rougeurs. Suzanne redressa fièrement la tête, résolue à se taire; mais à ce moment, elle vit les deux mains de Jack s'écarter de sa figure et se presser contre sa poitrine, comme s'il eût voulu empêcher son cœur de se briser en entendant l'aveu qu'il devinait. Elle sentit son regard s'arrêter sur elle, si intense de désespoir et d'amour, qu'immédiatement sa résolution fut changée : elle voulut envoyer à celui qui allait monter sur l'échafaud l'aveu de son amour, comme une consolation; ses lèvres fermées s'entr'ouvrirent, elle se détourna vers le juge et parla.

— Mylord, dit-elle fermement, vous me demandez lequel de ces deux hommes j'aimais. Un jour, il y a longtemps, j'ai été flattée des promesses de M. Morton, peut-être; je m'en souviens à peine, je ne le sais plus; mais maintenant, oh! maintenant, mylord, j'aime Jack Smith. Je l'aime plus qu'aucune voix humaine ne pourrait vous le dire; injurié par tous, flétri par la loi, condamné par vous, je l'aime toujours, oh! toujours!

Et s'élançant vers le banc des accusés, par un mouvement si imprévu que nul ne put la retenir, la jeune fille vint tomber à genoux devant Smith, sa tête échevelée tournée vers le jeune homme, et ses bras tremblants jetés autour du corps de l'ouvrier.

— Entends-tu, Jack? murmura-t-elle, sa figure si près de celle de Smith que l'accusé frissonnait au souffle brûlant de ses lèvres. Entends-tu, Jack, je t'aime? Ils vont te condamner ; mais moi, je ne crois pas à ton crime, moi je sais que tu es innocent. Jack, ne me hais pas, parce que je te laisse mourir ; quand Dieu me rappellera à lui, que ton âme ne crie pas vengeance contre la mienne. Ah! dis-moi, Jack, pauvre Jack, m'aimeras-tu encore?

L'ouvrier la regarda avec un ravissement passionné ; une larme brillait à ses longs cils noirs, mais il n'approcha même pas ses lèvres du front de la jeune fille, et dégageant doucement ses mains des siennes :

— Tais-toi, Suzanne, murmura-t-il tout bas, tais-toi pour ta gloire : n'avoue pas que tu aimes un assassin.

Et élevant la voix :

— Allez, continua-t-il, allez, que Dieu vous bénisse pour avoir voulu donner à celui qui va mourir cette dernière joie! mais nul ne peut croire....

Le président l'interrompit.

— Qu'on relève cette femme et qu'on l'emmène, dit-il aux gardes ; elle ne peut plus rien nous apprendre, et il ne nous reste à present qu'à délibérer sur la sentence.

— La sentence ! s'écria Suzanne, saisissant la barre pour empêcher les gardes de l'entraîner ; la sentence ! c'est impossible... Mais envoyez-moi donc un souvenir, mon Dieu! un souvenir qui me serve de preuve.

Et la jeune fille s'affaisse, folle d'angoisses. Mais tout-à-coup, s'élançant vers le juge :

— Mylord, s'écria-t-elle, répondez-moi. A quelle heure le crime a-t-il été commis?

— Pendant la nuit.

— Pendant la nuit! répéta Suzanne avec un cri ; ah ! mais alors il est sauvé! pendant la nuit, mylord, Jack n'était point à Birmingham.

Ces paroles produisirent une vive émotion. Si ce que disait Suzane était prouvé, Jack en effet ne pouvait être condamné ; mais pourquoi n'avait-il pas invoqué lui-même cet alibi? Quoi! sa condamnation est certaine ; son arrêt de mort va être prononcé, et il se tait alors qu'un mot peut le sauver! Le juge fit sans doute cette réflexion, car ce fut avec l'accent de l'incrédulité qu'il dit à la jeune fille :

— Et les preuves de son absence?

— Les preuves, on pourra se les procurer, mylord, au village de Coventyard; tout le monde affirmera qu'il n'est retourné à la ville que le matin, et qu'il a dû arriver à Birmingham seulement quelques heures avant son arrestation. Envoyez à Coventyard, envoyez, sans quoi votre sentence ne sera qu'un assassinat.

La révélation de la jeune ouvrière donnait une nouvelle tournure aux débats; il fallait vérifier le fait en interrogeant d'autres témoins. La séance fut donc levée, et le président déclara que l'affaire serait continuée le lendemain.

Oh ! quelles furent longues les heures qui s'écoulèrent entre ces deux séances! Longues pour le malheureux accusé qu'un fil tenait suspendu sur l'abîme; longues aussi pour Suzanne à la voix de laquelle la main de la justice ne s'était arrêtée peut-être que pour frapper plus sûrement.

Le lendemain, Jack reparut dans la salle du jugement. Un nouveau témoin venait apporter sa déposition : c'était William, le cousin de Smith. Jack était plus pâle que la veille ; ses lèvres étaient agitées d'un mouvement convulsif, son regard fixé avec une intensité désespérée sur le visage des juges, et chacune de leurs demandes, chacune des réponses de William, tombaient comme un glas sur son cœur oppressé. Car depuis l'aveu de Suzanne, il avait senti quelles fortes racines l'attachaient encore à l'existence; depuis qu'il se savait aimé, la soif de vivre s'était emparée de son âme, et la mort lui semblait quelque chose d'horrible.

Mais à Coventyard, où il n'avait passé qu'une nuit, William seul l'avait vu. Le jury pourrait-il croire à sa déposition, que personne ne confirmerait ? La loi anglaise n'admettait que la peine de mort ou la grâce ; la grâce pourrait-elle être accordée à celui dont l'innocence n'était attestée que par un seul homme ? Ces paroles vinrent enfin frapper l'oreille de Jack :

— William, disait le président, rappelez-vous votre serment ; jurez-vous, la main sur l'Évangile, devant Dieu et devant les hommes, que Jack Smith a passé chez vous toute la nuit pendant laquelle a été commis l'assassinat ? Souvenez-vous que vos paroles peuvent sauver cet homme ; mais que si, par les enquêtes que M. Morton continuera, on apprend que vous avez trompé la justice, la même punition atteindra le faux témoin et l'assassin. Maintenant répondez : jurez-vous ?

William étendit la main.

— Je le jure, dit-il.

Les jurés entrèrent en délibération. Bien que la déposition de William n'eût convaincu personne, cependant elle avait jeté le doute dans tous les cœurs et les juges répugnaient à infliger une punition irréparable. Après quelques instants, le président se détourna vers l'accusé :

— Jack Smith, vous êtes libre.

Et les jurés se retirèrent, la foule s'écoula lentement, les chaînes tombèrent des mains glacées de l'ouvrier. Libre ! Jack était resté immobile et comme foudroyé. Ah ! qui sait ce qu'il faut de minutes à l'homme qui allait mourir pour ressaisir l'existence, pour que l'âme, affaissée sous une appréhension terrible, puisse se redresser et aspirer la vie dans toute sa plénitude.

La tête de l'ouvrier était cachée sur ses genoux, et on eût dit que les sanglots étouffaient sa respiration. Une main caressante effleura ses cheveux : il découvrit brusquement son visage.

— Suzanne ! s'écria-t-il, en laissant tomber ses bras contre les épaules de la jeune fille agenouillée.

— Jack ! balbutia-t-elle, cachant sa figure contre la poitrine du jeune homme.

Il la releva impétueusement et l'entraîna hors de la salle. Le soir était venu ; la rue était déserte, tout ce qui les entourait silencieux, le ciel resplendissant de ces milliers de mondes qui brillent à travers son voile limpide.

Smith s'arrêta, leva la tête, et serra plus étroitement entre les siennes les mains de l'ouvrière.

— Suzanne, dit-il, devant Dieu qui nous voit seuls ici, répondez : ces paroles que vous avez prononcées hier étaient-elles seulement une consolation que vous vouliez m'envoyer, où était-ce un aveu que vous me faisiez ; dites, voulez-vous les répéter aujourd'hui ?

— Jack, murmura-t-elle, d'une voix concentrée et tremblante, voulez-vous que je sois votre femme ?

Il la rapprocha de sa poitrine avec un cri ; puis tous deux se remirent en marche, les mains enlacées, les cœurs gonflés de la même émotion, les cheveux soulevés par la même brise, et l'œil perdu dans le ciel qui souriait au-dessus d'eux.

Conclusion.

Quelques jours après le jugement de Jack, Wilson reparaissait à Birmingham ; enfin il avait trouvé du travail en Écosse, et il venait chercher sa femme et sa fille pour les emmener à Edimbourg. Depuis son départ, ayant constamment voyagé d'une ville à l'autre, il n'avait rien appris de ce qui s'était passé, et il revenait espérant emmener Suzanne, sans qu'on eût appris ses relations avec Edward. Quiconque l'eût rencontré traversant lentement la ville pour se rendre à son logis eût été frappé du changement qui s'était opéré en lui. Depuis son départ, pâli, voûté, on eût dit qu'il se traînait, accablé sans cesse sous le poids d'une préoccupation terrible et harcelé d'un souvenir fatal. Près d'atteindre sa demeure, sa démarche devint plus lente encore, son œil s'injecta et ses mains s'agitèrent d'un tremblement convulsif.

Au moment d'entrer dans la maison, il rencontra un des ouvriers de M. Morton, et l'arrêta pour lui annoncer qu'il allait quitter l'Angleterre.

Son ancien compagnon accueillit cette nouvelle avec un embarras évident, et en déclarant qu'effectivement après le jugement qui avait compromis sa fille, un éloignement était ce qu'il y avait de plus prudent.

— Un jugement qui a compromis Suzanne? répéta Jems frappé, que voulez-vous dire?

— N'avez-vous point appris l'assassinat de M. Morton?

Wilson pâlit.

— Et qu'a de commun, balbutia-t-il, la mort de M. Morton et la réputation de ma fille?

— Mais ignorez-vous que Suzanne a été appelée dans les débats?

— Elle ! s'écria Wilson. Pardon, ajouta-t-il avec plus de calme, mais je n'ai pas encore vu ma fille et je ne sais rien.

— Quoi! pas même l'accusation portée contre Smith?

— Contre Jack Smith?

— Oui, et lui-même n'a été sauvé que par Suzanne, qui a trouvé quelqu'un pour affirmer qu'il était absent au moment de l'assassinat. Mais, ajouta l'ouvrier en secouant la tête, la grâce du tribunal ne l'absout pas, et il reste bien dans l'esprit de tout le monde que Smith est le meurtrier ; ceux qu'il commandait chez l'armurier ont bien prouvé qu'ils ne croyaient pas à son innocence, en le recevant par des huées, le premier jour qu'il est rentré dans leurs ateliers, et en refusant de travailler désormais sous ses ordres.

— Ainsi Jack a été chassé? murmura Wilson.

— Oui, répéta l'ouvrier, et je peux bien jurer qu'il ne rentrera plus dans les manufactures : c'est aux honnêtes travailleurs à faire justice des assassins.

Jems tressaillit et resta quelques instants immobile. Enfin, prenant la main de son compagnon :

— A revoir, Richard, dit-il brusquement, à revoir.

Et il tourna le dos à son logis. Ce qu'il venait d'apprendre l'avait complétement troublé, et lui avait inspiré une de ces résolutions subites, mais irrévocables, qu'amènent les situations extrêmes.

Ce qu'avait dit l'ouvrier était vrai : Smith avait été congédié de chez l'armurier; mais ce coup inattendu avait frappé le jeune homme sans le décourager ni l'aigrir. Maintenant il sentait en lui une source intarissable de résignation et de force : l'amour de Suzanne lui faisait tout accepter, tout supporter; il voyait ces épreuves à travers son bonheur nouveau et inespéré, et il ne les sentait pas, car il savait ce que sa volonté et son amour pouvaient surmonter d'obstacles.

C'était donc sans amertume et presque sans tristesse qu'il s'était rendu auprès de la fille de Wilson.

— Est-ce vrai ce qu'ils disent, Jack? s'écria Suzanne qui avait vaguement entendu parler de son renvoi.

— C'est vrai, Suzanne, répondit l'ouvrier en s'asseyant près d'elle.

— Ah ! ils vous connaissent donc bien mal, murmura la jeune fille avec indignation.

Jack ne répondit pas; il pressa silencieusement les mains de sa fiancée, puis, relevant la tête :

— Tenez-vous beaucoup à rester à Birmingham? demanda-t-il.

— Moi! répondit l'ouvrière; pourquoi me faites-vous cette question?

— C'est que j'ai entendu dire que, quand on est jeune, qu'on a de la force et de la bonne volonté, on réussit plus facilement au Canada qu'en Angleterre, et le patron, en me congédiant, m'a averti qu'il pourrait m'adresser à un de ses confrères de Québec. Voudriez-vous y aller, Suzanne?

— Avec vous ?

— Oui, avec moi.

La jeune fille lui tendit la main et dit avec un doux sourire :

— Je suis prête, Jack, partons.

— Mais peut-être ne savez-vous pas où est le Canada ?

— Non.

— Ah ! c'est loin de l'Angleterre, Suzanne, et le climat y est rude.

La jeune fille l'interrompit en secouant la tête avec un nouveau sourire :

— Qu'importe ! avec toi, Jack, j'irai partout.

Il allait s'incliner pour l'embrasser, lorsque la porte ouverte violemment les fit se retourner.

— Mon père !

— Wilson ! s'étaient écriés en même temps les deux jeunes gens.

Et ils restèrent debout, immobiles et les yeux baissés.

A cet accueil glacé et silencieux, la tête de Wilson retomba sur sa poitrine et sa main pressa convulsivement le loquet de la porte ; il n'avança pas dans la chambre, mais s'appuya contre le mur. Ses vêtements étaient tachés de boue, son regard enflammé et sa démarche chancelante ; mais ce n'était pas le désordre de l'ivresse, ce n'était pas la flamme empruntée au vin qui jaillissait ainsi de son regard : il y avait dans toute son apparence quelque chose de sinistre et de suprême, qui eût frappé Suzanne et Jack s'ils eussent osé regarder.

Jems leva enfin la tête.

— J'arrive bien tard, n'est-ce pas ? murmura-t-il.

Jack alla vers lui.

— Silence ! dit-il ; tout le monde ignore que vous avez frappé M. Morton, vous pouvez être sauvé.

Wilson secoua la tête, et s'adressant à Smith :

— Allez chercher M. Morton et amenez-le ici ; j'ai besoin de le voir, de lui parler.

Et comme Jack le regardait avec un étonnement épouvanté, il reprit plus vivement :

— Allez , c'est le dernier service que j'exigerai de votre amitié; au nom de l'affection que j'ai eue pour votre père, ne me refusez pas de me le rendre. Jack, je vous en conjure, allez.

Le jeune homme sortit lentement. Quand il eut disparu, Jems se rapprocha de sa fille.

— Où est votre mère , Suzanne ? demanda-t-il.

— Elle est sortie.

— Pour longtemps ?

— Pour toute la journée, je crois.

— Ah ! béni soit Dieu.

Et Jems se laissa tomber sur une chaise. Plusieurs fois ses lèvres s'entr'ouvrirent, comme s'il eût voulu parler ; mais toujours elles se refermèrent sans avoir laissé échapper un son. Enfin, faisant un effort violent. :

— Votre mère , Suzanne , sait-elle quelque chose ? demanda-t-il d'une voix confuse.

— Elle ne sait rien, répondit la jeune fille.

— Bien, répéta Wilson, se levant impétueusement. Ah ! vous ne m'avez donc pas maudit, mon Dieu !

Et s'élançant vers la table, il y prit l'Évangile, et l'ouvrant à la page où son nom et celui de Jane avaient été inscrits le jour de leur mariage, il appuya ses lèvres contre ces caractères à demi effacés par les larmes et par le temps.

— Je n'ai jamais péché contre elle, Suzanne, murmura-t-il d'une voix tremblante ; je l'ai aimée comme j'avais juré devant Dieu de le faire , et je voudrais m'endormir dans la mort sans avoir été flétri devant elle ; je voudrais ne point emporter sa malédiction dans ma tombe. Suzanne, jurez-vous que par vous elle n'apprendra jamais mon crime ?

— Oh ! jamais, mon père, murmura la jeune fille attendrie.

A ce mot Wilson tressaillit, un flot de larmes monta à son œil sec et étincelant, il passa sa main contre son front.

— Son père ! répéta-t-il ; ah ! je n'avais

point espéré entendre encore ce nom! Mais, continua-t-il doucement, secouant son émotion et repoussant Suzanne qui s'était approchée de lui, laissez-moi, mon enfant, j'ai besoin d'être seul, de me recueillir une fois encore. Dans votre chambre je trouverai de quoi écrire ; j'y vais, ne m'y suivez pas. Quand M. Morton viendra, je serai prêt.

Il avait gagné la chambre de Suzanne. L'œil de la jeune fille l'accompagna jusque sur le seuil, et quand il disparut, l'ouvrière, un instant égarée par un pressentiment funeste, voulut suivre son père ; mais au moment d'ouvrir la porte, elle s'arrêta. La honte d'avouer sa supposition la retint longtemps. Enfin, incapable de résister à sa curieuse agitation, elle s'avança vers la chambre et s'inclina pour voir à travers la serrure ce que faisait son père. Il était assis près de la table et écrivait. C'était un adieu à Jane que traçait sa main tremblante. Suzanne ne pouvait voir ses traits ; mais sa longue immobilité lui fit deviner qu'il était profondément absorbé par ce qu'il écrivait. Il se leva enfin : son front était pâle, son œil sec étincelait d'une résolution solennelle. Il retira de la poche de sa veste un petit flacon de verre teint; son regard s'y attacha longtemps, et un sourire étrange crispa tout son visage.

La jeune fille n'eut pas le temps d'en voir davantage. Des voix retentirent dans la cour ; Jack entra suivi du père d'Edward.

— Annoncez à Jems que voici M. Morton, Suzanne, dit doucement Smith.

La jeune fille ouvrit impétueusement la porte de sa chambre. Wilson en sortit. Sa démarche était si calme et si ferme que l'ouvrière, qui avait levé sur lui un œil éperdu de terreur, le baissa en rougissant.

Wilson s'était avancé, en se découvrant, vers le négociant.

— Vous m'avez fait demander, murmura M. Morton.

— En effet, répondit l'ouvrier, et pour une révélation qui intéresse également votre repos, monsieur Morton, et votre honneur, Jack Smith.

Tous deux regardèrent Jems.

— Jusqu'ici, continua-t-il, vous avez vainement cherché le meurtrier de votre fils : je viens vous le livrer, monsieur.

Les deux jeunes gens s'élancèrent devant Jems.

— Ah! taisez-vous ! balbutièrent-ils.

Wilson prit les deux mains qui s'étaient étendues vers lui, et les serrant dans une même étreinte :

— Merci, mes enfants, murmura-t-il avec émotion, merci! Mais je ne dois pas accepter plus longtemps votre dévoûment; Jack, je ne dois pas plus longtemps vous flétrir par mon silence. Dieu m'en est témoin, si j'avais soupçonné ce dont vous étiez accusé, il y a bien des jours que j'eusse parlé, il y a bien des jours que mon cœur vous eût absous.

— Comment! s'écria M. Morton; ainsi le meurtrier...

— C'était moi, monsieur !

Le fabricant resta un instant foudroyé, puis marchant résolûment vers la porte :

— Vous comprenez ce que je vais faire? dit-il brièvement.

Suzanne s'élança vers lui.

— Ah! ne sortez pas, s'écria-t-elle en saisissant ses mains, ne livrez pas mon père. Mais que voulez-vous donc? est-ce larme pour larme et torture pour torture? Ah! il a souffert, monsieur, dans sa vie, bien plus que les angoisses de la mort.

— Laissez M. Morton, Suzanne, dit fermement Wilson, ma vie lui appartient.

— Mais, ajouta-t-il, et un rayon de joie funeste traversa ses traits, je n'ai pas voulu la lui laisser, je n'ai pas voulu que la main de la justice m'ouvrît mon cercueil : je serai moi-même mon bourreau.

Trois cris l'interrompirent. Il s'arrêta, puis reprit :

— Mais que M. Morton m'écoute et qu'il juge lui-même lequel de nous deux avait le plus de droit à la vengeance.

Le père d'Edward, qui allait sortir, s'arrêta dominé par cette volonté impérieuse.

— J'écoute, murmura-t-il.

Jems alors, le regard toujours résolu, la voix toujours assurée, s'exprima ainsi :

— Monsieur Morton, vos cheveux sont blanchis par les années, les miens par les souffrances ; je suis à votre merci, et vous pouvez me prendre ce qu'il me reste d'heures à vivre ; mais avant je veux que vous sachiez ce que vous avez été dans ma destinée.

Chassé de vos ateliers, je suis allé mendier du travail par toute l'Angleterre, je suis allé à la porte de toutes les manufactures, le front nu et la tête baissée, refoulant ma colère et mon orgueil ; car j'entendais le cri de famine de mes enfants qui me hantait sans cesse. Mais vous le savez, monsieur Morton, les portes se fermèrent ; vous aviez envoyé mon nom partout, et partout je fus repoussé. Je revins à Birmingham, et quand j'entrai chez moi je vis mes deux fils mourir faute de secours, non pas faute d'amour : je les aimais comme vous aimiez votre fils, et ils sont morts pourtant. Mais je n'ai pas tout dit : il me restait une fille, une fille !... Vous en avez, monsieur !... Quand j'entrai dans sa chambre, je trouvai une lettre signée de M. Edward Morton ; c'était sa honte. J'arrivais à temps. Mes fils étaient morts par vous, ma fille allait être perdue par votre fils. Une nuit encore, et ce dernier bien allait m'être enlevé. Je vis ce qu'il me restait à faire ; je compris que c'était au père à faire justice de l'offense.

— Et alors vous avez tué mon fils, murmura sourdement M. Morton.

— Oui, répondit fermement Wilson. Ah ! je n'excuse pas mon meurtre ! oui j'ai frappé votre fils, mais non pas lâchement, comme vous l'avez supposé : j'ai forcé le sort à décider entre nous, et le hasard a été juste envers moi ; sa vie m'appartenait, je l'ai prise.

La vie de mes fils ne vous appartenait pas au même titre, et cependant vous les aviez tués ; vous aviez chassé de chez moi le bonheur et la paix ; par vous, sous le poids d'une misère affreuse, les forces de Jane avaient été détruites et une vieil-

lesse précoce avait ridé son visage. Et tout cela vous l'aviez fait froidement, sans en éprouver le moindre trouble, sans que jamais votre conscience vous fît sentir l'aiguillon du remords...

Jems s'était arrêté haletant et épuisé. Il se laissa tomber sur une chaise à demi évanoui. Suzanne et Jack s'élancèrent vers lui. M. Morton s'avança lui-même et jeta sur cette figure ravagée un regard troublé. A voir cet homme primitivement robuste, mais courbé par l'excès du travail, ces cheveux grisonnants entourant cette figure maigre et livide, ces orbites creusées, tout ce corps décharné et affaissé, on devinait ce qu'il avait fallu de souffrances physiques et morales pour miner cette organisation vigoureuse.

Il reprit cependant peu à peu possession de lui-même. Son regard flotta d'abord sur les deux jeunes gens avec une expression ineffable de tendresse ; on eût dit qu'à l'approche de la mort cette âme âpre et avide se calmait et s'adoucissait. Il se souleva encore, s'appuyant sur l'épaule de Jack.

— Monsieur Morton ! murmura-t-il d'une voix qui s'éteignait.

Le négociant releva la tête, étonné de sentir devant le meurtrier de son fils plus de pitié que d'horreur, étonné de se voir encore là lorsqu'il eût pu le livrer.

— Wilson ! s'écria-t-il. Ah ! mon fils...

Et il cacha sa tête entre ses mains.

Il y avait tant de douleur dans son cri que Jems en fut ébranlé et ému : ce n'étaient plus le maître et l'ouvrier, l'offenseur et l'offensé ; c'étaient deux âmes brisées se rencontrant fraternellement dans cette patrie commune du désespoir.

— Monsieur Morton ! répéta-t-il, et il s'agenouilla devant le négociant défaillant : si vous pouviez deviner ce que j'ai souffert depuis mon crime, vous vous sentiriez suffisamment vengé. Mais cependant vous avez droit à une réparation plus éclatante ; moi-même, en disposant de ma vie, je vous ai retiré la possibilité de la prendre, le poison a prévenu la justice des hommes. Il ne vous reste que ma mémoire : flétrissez-la ; envoyez mon corps pourrir loin des cimetières. Vous avez tous les droits ; mais, au nom de Dieu, ne me maudissez pas. Ah ! j'ai péché contre vous, pardonnez-moi. J'emporte la honte dans ma tombe, ne m'y laissez pas descendre avec une malédiction.....

Et comme le négociant se taisait :

—Ah ! s'écria-t-il, répondez ; je sens le froid de la mort dans mes veines ; j'attends votre réponse, monsieur Morton ; monsieur Morton, parlez.

Suzanne saisit les mains du fabricant.

— Pardonnez, pour qu'il vous pardonne, murmura-t-elle d'une voix grave et solennelle.

— Oui, oui, répéta Jack qui voyait Jems s'affaisser, soyez miséricordieux, et le Seigneur le sera pour vous. Ah ! il vous pardonne bien la mort de ses fils : parlez, parlez.

Le père d'Edward s'avança et prit la main de Wilson sans répondre ; mais son étreinte silencieuse avait porté à l'âme moribonde la dernière consolation qu'elle attendît sur cette terre.

Un sourire suprême illumina les traits contractés de Jems. L'ouvrier de Birmingham avait vécu.

. . . .

Huit jours après, un vaisseau quittait Liverpool faisant voile vers le Canada. A l'avant, Suzanne se tenait debout, la main passée autour des bras de Smith, le front appuyé contre son épaule, le regard plongé dans l'horizon, songeant à cette terre nouvelle vers laquelle voguait le navire, où désormais elle allait loger toutes ses espérances et tout son bonheur. A l'arrière du vaisseau était assise Jane, l'œil tourné vers Birmingham, où elle laissait trois tombes, en deuil, et les mains jointes sur sa bible, mais partant avec ses enfants, et emportant dans son cœur le souvenir adoré et respecté de son bien-aimé Wilson.

Ici, M. Smithson s'arrêta ; il y eut une longue pause ! Je repassais son récit dans ma pensée et mes yeux allaient de l'image de Suzanne à celle de Jems ; mon hôte interrompit brusquement cette rêverie en se levant.

— Je vous ai averti que vous n'auriez point d'autre histoire, dit-il ; regardez pour la dernière fois ma compagnie, faites-lui vos adieux et partons ; il est temps que vous repreniez le chemin de fer de Londres.

Je fis ce que me recommandait M. Smithson, et je commençais à lui exprimer mon admiration pour son merveilleux musée, en le remerciant de son obligeance et de ses récits, lorsqu'il ouvrit une porte cachée dans la tapisserie et m'invita à sortir d'un geste impatient. Nous nous retrouvâmes dans le corridor que j'avais déjà traversé, puis sur l'escalier.

Mon hôte me conduisit sans s'arrêter jusqu'à la petite salle à manger, me remit ma canne et mon chapeau et me souhaita un heureux voyage. Je voulus renouveler mes expressions de gratitude : il m'imposa silence de la main.

— En voilà assez, dit-il ; ce que j'ai fait, je l'ai fait pour mon plaisir et non pour le vôtre.

— Permettez-moi, répliquai-je, de ne pas vous être moins reconnaissant, et croyez que si je pouvais vous le prouver...

— Vous n'en feriez rien ! acheva M. Smithson.

Je voulus protester de mes bonnes intentions ; il m'interrompit.

— Eh bien ! puisque la reconnaissance vous oppresse à ce point, dit-il ironiquement, je vous prends au mot ! rendez-moi un service ?... rapportez au village ces livres... et remettez-les chez le messager.... c'est la cinquième maison, à droite... demandez Peters Mackensie.

Il avait pris sur une étagère quelques volumes qu'il me remit ; je l'assurai qu'ils seraient fidèlement déposés au lieu indiqué et je pris congé, satisfait d'une visite qui s'était d'abord si mal annoncée.

Tout en descendant la colline, je fus curieux de savoir quels livres pouvait lire le bizarre habitant de la Maison isolée. Je jetai un dernier coup d'œil sur

Je jetai un dernier coup d'œil sur ce petit guichet où j'avais frappé
si longtemps.

cette porte massive et ce petit guichet où j'avais frappé si longtemps, et je m'éloignai.

Le premier volume que j'ouvris était un tout petit ouvrage de mistriss Mathilda Planché, et à peine eus-je parcouru quelques pages que je reconnus l'histoire de l'*Heureuse Noël*, racontée par M. Smithson, mais avec une élégance et un charme que la traduction n'avait pu rendre. Les autres livres étaient Mary Barton et deux ou trois romans populaires dans lesquels je trouvai également plusieurs des types et quelques-uns des détails de l'*Ouvrier de Birmingham*.

Le secret du visionnaire me fut alors dévoilé. Je compris que, échauffée par la lecture, son imagination recréait les personnages dont on lui avait raconté les histoires, que son pinceau les faisait revivre, et qu'insensiblement ces êtres chimériques revêtaient pour lui toutes les apparences de la vie! Il croyait les connaître, avoir vécu avec eux, et son musée devenait une sorte de conservatoire romanesque de toutes ses idéalités et de tous ses souvenirs, transformés en vivantes images!

FIN.

PARIS. — IMPRIMERIE SIMON RAÇON ET COMP., 1, RUE D'ERFURTH.

www.ingramcontent.com/pod-product-compliance
Ingram Content Group UK Ltd.
Pitfield, Milton Keynes, MK11 3LW, UK
UKHW021257180726
13837UKWH00007B/1280